溺愛プラネット！③

ライバルグループに正体がバレちゃった！？

＊あいら＊／著
小鳩ぐみ／イラスト

PHP
ジュニアノベル

黒月土和

中一。PLANETのリーダーで星のクラスメイト。メインボーカル。

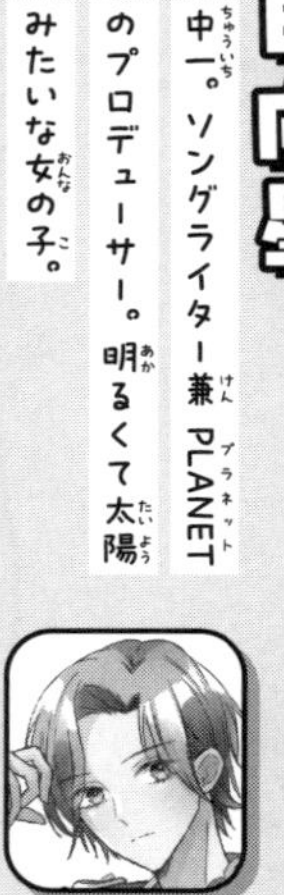

日向星

中一。ソングライター兼PLANETのプロデューサー。明るくて太陽みたいな女の子。

緋宮金色

中二。PLANETのラップ担当。演技もうまい。

赤羽火虎

中二。低音とダンスが得意でPLANETの新曲では振りつけも担当。

若緑木央

中一。PLANETのラップ担当。ゲームの実況を配信している。

青海水牙

中一。高音が得意。自信家でツンデレ。

陸斗

大人気アイドルグループEARTHのメンバーで王子様キャラ。ステラの大ファン。

空音

EARTHのメンバーで事務所の社長の息子。なんでもできる優等生キャラ。

海里

EARTHのメンバーで、面倒見のいいお兄さんキャラ。

世河

大手芸能事務所WORLDのプロデューサー。

冷泉エリス

中一。星の幼なじみ。性格も見た目もイケメンな女の子。

もくじ

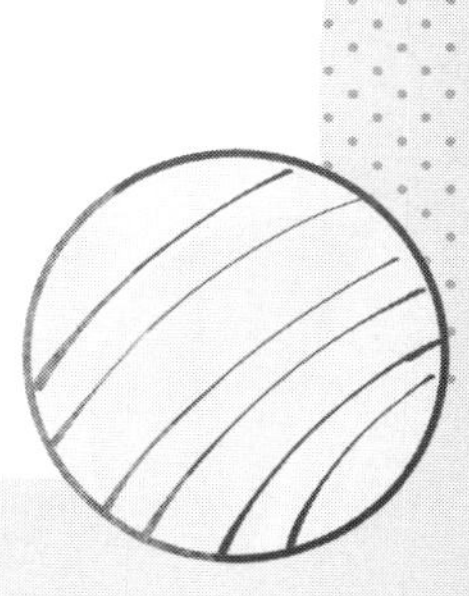

EARTH、陸斗

放課後の部室にいた、変装をしたその人。

「……ステラさん……」

変装を解いた彼はまるで、ヒーローを見る無邪気な子供みたいな目で私を見た。

「あ、あの、人ちがいだと……」

「俺がステラさんの声を、まちがえるはずないっ……！」

その透き通るようにきれいなハスキーボイスを聞いて、私は彼が……今をときめくアイドルグループEARTHのメンバー、陸斗さんだと気づいた。

「やっと会えたっ……！」

私を見つめて、幸せそうに微笑んだ陸斗さん。

やっと……？

というか……どうして大人気アイドルが、こんなところにいるのっ……。

目をきらきらさせながら、私を見ている陸斗さんに、困惑してしまう。

「おい、いい加減にしろ陸斗……！」

暴走気味の陸斗さんに、水牙くんが声を荒らげた。

「気安く俺の名前を呼ぶな！」

引き下がるどころか、水牙くん以上に大きな声で抵抗した陸斗さん。

何がなんだかまったくわからなくて、みんなの方を見る。

「あ、あの、この状況は……」

どうして陸斗さんがここにいるのかも、私のことがわかったのかも、全部わからない。

火虎くんが、取り乱した様子で頭を抱えた。

「陸斗がステラさんを探すために、変装して俺たちの学校に乗りこんできたんだ」

——え？

ステラを探しにって……。

「同じ事務所だったし、学校はバレてるからね……」

「まさか、こんな強硬手段に出るとはな……」

ぼそっと、金色くんと土和くんがつぶやいた。

どうして、私を……。

あ……。

『じつは、EARTHのメンバーにステラさんの大ファンがいまして！』

『ステラさんの曲がとにかくいいんだとずっと言っていまして～！』

もしかして……世河さんが言っていたのって、陸斗さんのことだったのかな……？

そう考えれば、陸斗さんの行動にも説明がつく。

だけど……PLANETのみんなら、私のことを知ってると思って、わざわざ学校にまで来たってこと……？

普通……そ、そこまでするかな……？

不思議に思って陸斗さんを見ると、さっきと同じきらきらした目でこっちを見ていた。

「あ、あの、急に来てごめんなさい……でも俺、ステラさんに直接お願いしたくて……」

本当に、私を探すためだけに来たのかな……？

「この子は俺のクラスメイトで、ステラさんじゃない」

すっと、私の前に立った土和くん。

「だったら、どうして事務所なんて言ったんだよ。PLANETだって知ってるってことだろ？」

「……」

「他のやつらはともかく……金色のプロ意識の高さだけは俺も認めてる。おまえが無関係なやつに、芸能活動のことを明かすわけない」

陸斗さんはもう私がステラだと断定しているのか、確信のある言い方だった。

「雑用を手伝ってもらってるだけだ。この子はステラさんじゃない」

土和くんも嘘を吐き通してくれるつもりなのか、動揺を見せずにじっと陸斗さんを見ていた。

「だから……俺がステラさんの声をまちがえるはずないって言ってるだろ」

「出ていけ」

「ステラさんと話をしたら出ていく。あ、あの、俺の話を……」

「警察に通報するぞ」

「……っ」

警察という単語を出されて、陸斗さんの表情が歪む。

「おまえは今、立派な不法侵入者だ」

「……」

たしかに……警察に通報したら、陸斗さんはここの生徒ではないから、大事になるかもしれない。

大人気アイドルが警察沙汰なんて、大問題だ。

きっと、ここまで言わないと陸斗さんが引き下がらないって、わかった上での発言だと思う。

「ほら、帰れ」

「ステラさん……！　俺の話を聞いてください……！」

「この人はステラさんじゃないって何回も言ってるだろ」

「ステラさんっ……!!」

完全に暴走状態の陸斗さんの腕を、土和くんと水牙くんが押さえた。

そのまま、ふたりに連れていかれる陸斗さん。

「今度忍びこんだら、本当に通報するからな。人気アイドルが学校に不法侵入なんて、いいネタになるぜ」

「……っ」

ふたりに引っ張られて部室から出ていく陸斗さんの表情が、一瞬泣きそうに見えた。

必死に助けを求めるような瞳に、胸が痛んだ。

せっかくここまで来てくれたんだから、少しくらい……話を聞いてあげるべきだったかもしれない……。

こんな強硬突破に出たってことは、楽曲提供を断ったこと、納得していないんだろうし……直接説明して、お断りしたほうがよかったかな……。

「星ちゃん、大丈夫？」

「あ……う、うん」

「びっくりさせてごめんね。まさか陸斗が来るなんて……」

気づかってくれた金色くんも動揺しているのか、ふう……と息を吐いている。

たしか、前にPLANETのみんなとEARTHのみんなは仲がよくないって聞いていたし……みんなも陸斗さんが学校まで押しかけてくることは予想外だったのかな……。

「ちっ……あいつやばいだろ」

「……」

扉が開いて、水牙くんと土和くんが戻ってきた。

「ふたりとも、おかえり。陸斗は？」

「裏門のところまで引きずって、置いてきた」

「さすがに正門は人目があるし……バレたらまずいと思って」

たしかに、下校ラッシュは過ぎたとはいえ、正門は生徒も通るし……陸斗さんがいるってわかったら騒ぎになることはまちがいない。

「もう来るなって釘は刺しておいたけど……あいつは他人の言うことを聞かないやつだからな……」

「……あんな必死な陸斗、初めて見た……」

ずっと黙っていた木央くんが、ぼそっとつぶやいた。

他のみんなも、困ったように視線を下げている。

そうなんだ……。

「ちゃんと私から、言ったほうがよかったかな……」

追い返すような形になってしまったけど……わざわざ来てくれたってことは、本当に私の曲を好いてくれているんだと思うし……ファンの人を無下にしてしまった罪悪感があった。

せめて、本人に納得してもらえるように、断るべきだったと思う……。

「星が責任を感じる必要はないよ」

「そうそう、あんなやばいやつに付き合わなくていいっつーの!」

「うん、関わらないほうがいい」

土和くんと水牙くんと火虎くんが、気づかうようにそう言ってくれる。

「多分、こんな行動に出るってことは……こっちの意見なんて聞く気がないんだと思う。断られても気にせず、頼みこむつもりだったみたいだし……」

「金色の、言う通り……」

断っても、無駄ってことだよね……。

「星が折れるまで頼み続けるつもりだろうし、相手をしてたらキリがない。話を聞く姿勢を見せたらつけこまれるだろうし、ああいうのは無視するべきだ」

みんなの意見も理解できたから、私は静かにうなずいた。

そうだよね……世河さん伝いに、はっきりと断っているし、陸斗さんもそれは知っているはず……。

「その……EARTHに曲を書くつもりがないなら、なんだけど……」

え？

「そうだね……決めるのは星ちゃんだから……」

「……まあ、俺たちが断ってくれっていうのも違うしな……」

もしかして……私がEARTHに楽曲提供する可能性があるって思ってるのかな?

そういえば、みんなにはちゃんと話していなかったかもしれない。

改めて、伝えておこう。

「私はみんなのプロデューサーになるって決めたし、世河さんにも、WORLDとは仕事をしませんって言ったから。何があってもWORLD所属のグループと仕事をすることはないよ」

プロデュースしながら他のアイドルにも楽曲提供をするのは難しいし、PLANETに集中するっていうケジメでもあるから。

私の言葉に、水牙くんがぱあああっと顔を明るくした。

「やったぜ!」

「ちょっと水牙、喜びすぎだ」

「……俺も、うれしい」

「はは、俺も!」

「正直僕もうれしい。僕たちを選んでくれてありがとう、星ちゃん」

みんなと一緒に夢を追いかけさせてもらえて……感謝するのは私のほうなのに……。

「こちらこそ……!」

私が微笑むと、みんなも笑顔を返してくれた。

陸斗さんのことは気がかりだけど……PLANETのプロデューサーとして、これからも頑張ろう……！

「それじゃあ、今日の活動をはじめよう」

「あ、そうだ、新曲のメロディ案を持ってきたの……！」

「え、もうっ……？」

席に座ろうとしていた金色くんが、勢いよく振り返った。

「き、聴きたい！」

「聴かせてくれ！」

「……お、俺も……」

早く早くと急かす様子が小さい子供みたいで、なんだかみんながかわいく見えた。

「それじゃあ、流すね」

スマホを取り出して、ファイルを再生する。

「うわ……めっちゃ、いい……」

イントロから、うっとりした表情になった土和くん。

今回はダンスをメインにするって聞いたから、明るくて高低差の激しいメロディにした。

「かっけー！」

曲が終わると、興奮気味に叫んだ水牙くん。

「うん、体が動くというか、踊りたくなる曲だ……」

「この曲に乗って踊ったら、すごく楽しいだろうね」

「……わくわくする」

「見てる人も踊りたくなるような、そんな振りつけを考えたいね……」

早速イメージが湧いたのか、火虎くんがうずうずしているのがわかった。

「まだイメージ案だったんだけど……みんながいいなら、これをベースに、全体のメロディを作ろうと思ってる。その後歌詞もつけてってという順番で作ろうと思ってるんだけど……できるだけ早く完成させられるように頑張るね」

新生アイドルとして話題になっている今だからこそ……早く次の曲を出したい。

PLANETはどんな曲でも歌えて踊れるってことを、たくさんの人にわかってもらいたいから。

「星、ありがとう」

うれしそうな土和くんとみんなを見て、一層やる気が湧いてきた。
プロデューサーとしてもだけど……ソングライターとしても頑張るぞ……！

心配と覚悟

その後、歌詞の案もみんなで話し合って、新曲のイメージを固めた。

「そろそろ下校時刻になるし、帰ろうか」

金色くんの声を合図に、みんな帰る支度をする。

部室を出て、靴を履き替えて外に出た時だった。

あれ……？

正門に人影があることに気づいて、じっとその人を見る。

変装をしているのか、帽子とマスクとメガネをしているその人は、きょろきょろと周りを見ていた。

見覚えがあるその姿に、おどろいて目を見開く。

「あそこにいるのって……」

もしかして……。

「……マジかよ」

水牙くんも気づいたのか、正門に立っている人……陸斗さんの姿を見て、顔を青くしている。

「星、こっち」

土和くんに手を引かれて、裏門に移動した。

「まさか、待ち伏せしてるなんてね……」

「あいつ……ストーカーかよ……」

金色くんと水牙くんが、呆れたようにため息を吐いた。

「ステラさんへの執着、すごいね……」

「そこまでして、ステラさんに曲を作ってもらいたいってこと……？」

火虎くんと木央くんも、心配そうにこっちを見ている。

世河さんが言ってたの、本当だったんだ……。

「警察はさすがにだけど、事務所に連絡したほうがいいかな……？」

「ていうか、あんなあやしい格好で正門に立ってたら、通報されかねないぞ」

さっき会ってから、二時間くらい経ってるのに……ずっと待っていてくれたのかな……。

そう思うと、やっぱり罪悪感……。

「今日だけならいいけど……」

「……やめろよ土和、伏線はるの」

「さすがにまた来たりはしないはず……」

「だからやめろって……」

私も……そこまではしないと思う。

きっと今日であきらめてくれると信じたい……。

そう、思ったけど……。


「……」

あれから数日。いない日もあるけど、少なくとも二日に一度は学校に来るようになった陸斗さん、陸斗さん、今日もいる……。


いつも放課後のチャイムが鳴る前くらいから正門の前に立っていて、私たちが部室から出る時間になっても待っている。

今日も正門の前にある姿を見て、さすがにあせりがこみ上げてきた。

陸斗さんは今一番人気と言っても過言ではない国民的アイドルで、休みもないはずだってみんな言っていたのに……そんな人が、私に曲を書いてもらいたい一心で、仕事を抜け出してここまで来てくれているんだと思うと……すごく申しわけない気分だった。

「そのうちあきらめてくれたらいいけど……」

「そうだね……あいつがあきらめるまで、刺激せずに放っておこう」

「星、あいつは無視だ！　見なかったことにしろ！」

「近づかないほうが、いい……」

みんなが心配してくれているのがわかるけど、このまま見て見ぬふりをするべきなのかな……。

「星も、気をつけてね。陸斗がいたら裏門から帰るようにして」

「うん……」

土和くんの忠告にうなずいたけど、心の中の罪悪感はふくらむばかりだった。

『……ステラさん……』

きらきらした目で私を見てくれた陸斗さんの表情が、脳裏にちらついていた。

次の日の朝。

「みんな、おはよう」

「星、おはよう〜！」

いつものように教室に入ると、友だちが集まってきてくれて、楽しく話をする。

「ねえ、最近正門に変な人いるよね？」

ぎくっと、体がこわばった。

「誰かの知り合い……？」

「変な格好してるし、怖いよね……」

やっぱり……みんな不審に思ってるっ……。

「っていうか、先生たちはなんで通報しないの？　あんな不審者みたいな人がいるのに」

「それがさ、先生たちに言ったら『この学校の生徒と約束してる人だから大丈夫だ』って
……」

えっ……ま、まさか陸斗さん……先生たちに説明済み……!?

ど、どこまで手を回してるんだろうっ……。

「何それ……誰と約束してるんだろうね」

や、約束してるっていうのは、違う気が……。

「それより、昨日のEARTH見た？」

またしても、ぎくっと体が固くなる。

「生放送のやつだよね？」

「海里、かっこよかった～！」

「空音も推しじゃないけど、ビジュアルはめちゃくちゃいいよね！」

正門の不審者の話から、話題がEARTHに変わった。

みんな楽しそうに、EARTHの話で盛り上がっている。

「ただ……陸斗がなんか……」

陸斗さん……？

「うん、わかる……最近元気ないよね？」

え……？

「どうしちゃったんだろう……なんか笑顔が減ったっていうか……」

ファンの人が見てもわかるくらい、元気がないなんて……。

もしかして、私が避け続けているから……い、いやいや、それはさすがに自意識過剰な気がする……。

でも……ほぼ毎日ここに通って、疲れてるって可能性もある……。

陸斗さんって、睡眠はちゃんととれているのかな……？

考えれば考えるほど、心配になってきた。

「ま、ミステリアスな感じもかっこいいけどね……！」

「うんうん、陸斗はどんな表情でもイケメン！」

本当に……大丈夫かな……。

「星、どうしたの？」

「あ……う、ううん……！　何もないよ！」

すぐに笑顔を浮かべて、いつも通りを装う。

「そういえば星はPLANET推しだったよね！」

「えっ……」

「あたし、PLANETの動画も毎日見てるよ！」

ひとりの発言に、みんなもこくこくとうなずいた。

「みんなそれぞれ違う個性があって、かっこいいよね！」

わ……すごいっ……。

「この前のＭＶもずっと見てる！　曲も歌声も最高だもん！」

PLANETの魅力が、どんどん広がってる……。

今度はPLANETの話で盛り上がっているみんなを見て、うれしくて口元がゆるんでしまう。

やっぱり……何があっても、EARTHに曲を作ることはできない……。

私は……PLANETの成長を、見守っていたいから……。

ごめんなさい、陸斗さん……。

雨の中

きょ、今日もいる……。

廊下から正門を見ると、変装した陸斗さんの姿が。

「あいつ、休みないくらい忙しいんじゃねーのかよ……はぁ……」

一緒に見ていた水牙くんが、大きなため息を吐いた。

「ちっ、放っておこうぜ」

「う、うん」

水牙くんと部室に戻ると、みんながそれぞれ作業をしていた。

「火虎、昨日アップしてたダンス動画、すごくかっこよかったよ」

「ほんと!?　やった……！」

金色くんに褒められて、喜んでいる火虎くん。

「登録者数も着々と増えてるね……！」

「だけど、やっぱり木央の人気は圧倒的だな……」

「俺は……スタートが早かっただけ……」

「そんなことない。木央の動画、参考になるってコメント多いし、木央の実力だ」

「……ありがとう……土和の歌動画も、よかった……」

お互いに褒めあっているみんなを見て、微笑ましい気持ちになった。

配信スケジュールを発表してから、みんな毎日頑張っている。

PLANETのMVも着々と再生回数が伸びているし、ファンの人が増えていることが目に見えて実感できた。

私も……早く曲を完成させよう。

家に帰って楽曲作りの続きをするため、今日は先に帰らせてもらうことにした。

今週中に、メロディを完成させたい……。

いつものように靴を履き替えて、正門のほうに向かおうとした時だった。

あれ……雨……？

って、すごい降ってきたっ……！

持っていた折りたたみ傘をカバンから取って、急いで広げる。

陸斗さん、さすがに帰ったかな……？

そう思って正門のほうを見ると、雨を凌ぐようにカバンを頭に載せている姿が見えた。

土砂降りの雨なのに帰る気はないのか、動こうとしない陸斗さん。

こ、このままじゃ、風邪をひいちゃう……。

仕事のスケジュールも詰まっているはずなのに、風邪をひいたら大変なことになる、と思う……。


というか……忙しいはずなのに、ほぼ毎日この学校に来てて大丈夫なのかな……？

このままじゃ……誰も、幸せにならない気がする……。

雨に打たれている陸斗さんを見て、これ以上目を背けることができなかった。

……みんな、ごめんなさい。

私の曲を好きでいてくれている人を……私も大事にしたい。

急いで陸斗さんのところへと走った。

うつむいたまま、座りこんでいる陸斗さんが濡れないように、そっと傘を差し伸べる。

「あ、あの……！」

「……っ、え？」

顔を上げた陸斗さんは、私を見てうれしそうに声を出した。

初めて会った時と同じ……メガネの奥の瞳が、きらきら輝いているのがわかった。

「ステラさん……！」

「そ、その名前はちょっと……！」

ちらほらだけど人もいるし、ステラの名前で呼ばれるのは困るっ……。

「あ……す、すみません……！　あ、あの、俺、ずっと待ってて……」

たしかテレビで見る彼は、もっと俺様みたいなキャラだった気がする。

こうして見ると……年相応の、かわいい男の子に見えた。

陸斗さんを見て、初めて好きなアーティストのライブに行った時の自分を思い出した。

うれしくて、興奮して、言葉が詰まって出てこなかったのを今でも覚えてる。

私を前にして、こんなに取り乱すなんて……やっぱりこの人は、熱心に応援してくれている人なんだな……。

だったら私も……。

「あ、あの……！　お、お願いします……」

陸斗さんがあわてて立ち上がって、私に頭を下げてきた。

「少しでいいので……俺の話を、聞いてもらえませんか……？」

……ちゃんと、向き合いたい。

無視するんじゃなくて……。

納得してもらえるまで、説明しなきゃ。

「はい。わかりました」

私と陸斗さんは、傘を半ぶんこして雨宿りできる場所を探した。


近くの公園に、屋根付きの大きなベンチがあって、そこにふたりで座った。

「ス、ステラさんと一緒にいるなんて……夢、みたいです」

大人気アイドルの方にそんなことを言われるなんて、恐縮すぎる……。

きっと、陸斗さんと一緒にいたいと思う人のほうが、多いと思うのに。

どうしてそんなに有名な人が、ここまでして私に楽曲を依頼してくれるんだろう。

今も不思議で仕方なかった。

「それに……ステラさんが……こ、こんなに、かわいい人だなんて……」

「えっ……」

か、かわいい……？

「って……き、気持ち悪いこと言ってすみません……！」

「いえ……」

気持ち悪いなんて思わないけど……。

まさか、こんなにかっこいい人にかわいいなんて言われるとは思わなくて、とまどってしまう。

お世辞だってことはわかってるけど……。

は、反応に困る……。

って、そんなこと考えてる場合じゃない。

「あの……楽曲のことなんですけど……」

早速本題に入ろうと思って、私は話を切り出した。

陸斗さんも、顔色を変えて不安そうに私を見た。

「世河さんから、どこまで聞きましたか？」

「……ステラさんに楽曲を書いてもらうことはできないって、言われました」

ということは……はっきり断ったことは、伝わってるみたいだ……。

「本当に申しわけないんですけど、EARTHへの楽曲提供はお断りさせてもらったんです」

「PLANETがいるからですか……？」

「え？」

「どうしてPLANETには楽曲提供をしたのか……き、聞いてもいいですか」

陸斗さんからの質問に、なんて答えるべきか頭を悩ませる。

陸斗さんはPLANETをよく思っていないみたいだし……。

伝え方が難しいな……。

でも、嘘をつくのも嫌だから……正直に話そう。

「私が偶然、彼らの動画を見つけたんです。それで、彼らの歌声に魅了されて……私から楽曲を書かせてほしいってお願いしたんです」

「そんな……」

私の言葉に、陸斗さんはショックを受けたように顔を歪めた。

「じゃあ……お、俺たちの歌も、直接聞いてもらえませんか……！」

「それは……」

……できない。

WORLDとは仕事をしないって、決めたから……。

それに……PLANETのみんなにも、EARTHに楽曲提供はしないって、約束したんだ。

「俺……ステラさんの作った曲を歌うのが夢なんです。そのために、デビューしたんです……」

え……？

〝そのために〟デビューしたって……。

どういうこと……？

「どうしても、あなたの曲を歌いたい……」

必死に懇願してくる陸斗さんに、疑問はふくらむばかりだった。

陸斗さんは、人気アイドルで、EARTHに楽曲を提供したいって人はこの世にごまんといるはずだ。

私は実績も少ないし、陸斗さんにそこまで言ってもらえるほどの実力もない。

それなのに……。

「あの、どうしてそこまで……」

陸斗さんがこんなに必死になってくれる理由が、わからない。

「それは……」

一度口を開いてから、考えるように口をつぐんだ陸斗さん。

答えを待つようにじっと見つめていると、陸斗さんはおそるおそるこっちを見た。

「長くなっても、いいですか……？」

うなずいて返すと、陸斗さんはゆっくりと、自分の話をしてくれた。

【side陸斗】暗闇を照らす星

ステラさん。

俺の神様であり、生きる糧。そして——今の俺を創った人。

成り行きで練習生になった俺が……今もアイドルを続けられているのは、紛れもなくステラさんのおかげだった。


小三の時。東京観光中にスカウトされて、事務所に入ることを決めた。

理由は特にない。

しいていうなら、一緒にいた父さんが誇らしげな顔をしていたから、父さんが喜んでくれるならと思ったのは覚えてる。

幼い頃に母さんが出ていってから、男手ひとつで俺を育ててくれた、俺にとって唯一大事な人だったから。

特にやりたいことも夢もなかったし、それに……アイドルになったら稼げるのかもしれない。

本当にそんな軽い理由で、スカウトされた時にもらった名刺の連絡先に電話した。

家から片道三時間。電車で事務所に通った。

『陸斗くん、ダンスうまいね？　いつから習ってたの？』

『いえ……事務所入ってからです』

『え？　……てことは、まだ三か月しか経ってないってこと？　すごい才能だ……！』

昔からなんでもそつなくこなせた俺は、ダンスも歌もすぐに上達して、簡単だなと生意気にも思ったことを覚えている。

俺よりもあとに入ってきたPLANETのメンバーたちのことは、生意気だしうるさいから嫌いだったけど、他の練習生のことは特になんとも思っていなかった。

俺は基本的に、他人への感情は無だから。

ただ……どうしても気に入らない男がもうひとりいた。

空音。事務所の社長の息子であり、俺様でわがままで手のつけられない暴君。

練習もまともにしない、そのくせ態度だけは一番でかい。

社長の息子だからって、誰も空音を注意したり、叱ったりしない。

こいつがレッスンにいるだけで不快だったし、事務所の面汚しだと思ってた。

まあ……嫌なら関わらなければいいだけだ。

どうせこのままじゃ空音は人気にもならないだろうし、俺はこいつよりも人気になって、ひとりでデビューすればいい。

……そう、思っていたのに。

『今日から君たちは、三人グループだ』

事務所に入って六年が経った時だった。

上からの指示でグループを組まされるってことはつまり、このメンバーでのデビューを意味する。

三人グループ……。メンバーの中に空音がいるのを見て、俺は絶望した。

『三人で、デビューを目指して頑張ってほしい』

『はっ……なんでこんなやつと一緒に組まないといけないんだ……！』

こいつと組まされるくらいなら、まだ金色とかのほうがマシだ。

『おい陸斗、落ち着け』

俺を止めようとしたもうひとりのメンバー、海里の手を振り払う。

『黙れ！』

事務所側の魂胆なんか見え透いている。

練習生の中で、今一番期待されているのはまちがいなく俺だ。自惚じゃない。

その俺と組ませることで、空音のグループを人気が出るようにしようとしてる。

つまり……俺はこいつの引き立て役として選ばれたってことだ。

海里はまだわかる。こいつは金色の次に実力があるから。それに、金のためならなんだってする男だから、事務所も海里のことは扱いやすいと思ってるんだろう。

まさに、空音のために作られたグループだった。

『ちっ……俺だっておまえらなんかと組むのはごめんだっつーの！』

『だったらおまえから断れよ！　おまえの言うことなら、みんなペコペコ聞くんだろ？　社長の息子様だもんな？』

『り、陸斗くん、空音くんにそんな口のきき方は……』

『黙れ！　おまえだって事務所の犬だろ！』

世河は俺の言葉に、一瞬顔を歪めた。

内心ではこいつも、生意気なガキがとか思っているんだろう。

こんな事務所の犬のプロデューサーと親の七光りとなんか……やっていけるか。

俺は怒りのままに、部屋を出た。

『おい、待てよ陸斗……！』

追いかけてきた海里に腕を掴まれて、足を止める。

『……おまえはいいのか？』

本当に空音の引き立て役なんかさせられて……。

内心ではおまえも、嫌だって思ってるだろ。

『俺は稼ぐためにアイドルになりたいから……デビューできるならなんでもいいよ。それに、社長の息子だぞ？　安泰なグループになるのは約束されたようなもんだし、喜んで船に乗るけど』

へらへら笑っている海里を見て、怒りで手が震えた。

『……やっぱり、おまえも嫌いだ』

ぜったいに……こんなやつらと同じグループになんかならない。

空音と海里と組むくらいなら……アイドルなんかならなくていい。

『待てよ。たしかに引き立て要員として選ばれたかもしれないけど……こんなおいしい話なかなかないって』
『おまえは、俺がいないと困るから引き止めたいだけだろ』
『バレた？　でも、ぜったいに後悔させないから』
『おまえの言葉なんて誰が信じるか』
ぜったいに、こんなやつらとはデビューしない。
せっかく……もうすぐデビューできるかもしれないって、希望が見えていたのに……。

いつもならまっすぐ家に帰るけど、その日はどうしても帰る気になれなかった。
何をする気にもなれなくて、河原に座りこんで、流れる川をぼうっと見つめる。
スマホが何回も震えていることに気づいて、舌打ちした。
どうせ海里だ……俺を説得しようとしてるに違いない。
あんなやつの言葉なんて、誰が聞くか。
電源を切ろうと思ってスマホを開くと、表示されていたのは父さんの名前だった。
【今日は練習が長引いているのか？】
【電車が遅延してるなら、父さんが迎えに行くからな！】

着信と一緒に、メッセージも送られていた。
俺がデビューすることを、きっと俺以上に楽しみにしてくれている父さん。
……なんて言えばいいんだ。合わせる顔が、ない……。
ぽつぽつと、空から雨が降ってきた。
だんだんと雨足が強くなってきたけど、今は立ち上がる気にもならない。
『うわ、雨やべー!』
『走って帰るぞ!』
近くにいた学生か誰かの話し声が聞こえて、イヤホンを取り出す。
うるさい……今は誰の声も聞きたくない。
適当に音楽を……そう思って、新着の音楽を押す。
……ん?
流れ出したのは、繊細なソプラノの声だった。
『──』
これ、応援ソング……?
『──』

こんな時に応援ソングを流すなんて……皮肉すぎる。

聞きたくない。そう思うのに、なぜか停止ボタンを押せない自分がいた。

彼女の歌は、決してうまいとはいえない。

だけどどうしてか、その優しい声色は、俺の心を落ち着かせた。

なんでだろう……声が、きれいだからか……。

聴きながら、曲のクレジットを確認する。

作詞作曲歌唱、全員同じ……シンガーソングライターか……？

再生回数は二桁……本当に新人……？

『――失敗、失敗、ここにはもう成功はないかも』

『……』

『立ち止まって気づいた。私なりに必死に頑張ってたこと』

その歌詞は、今の俺の心をそのまま映し出したみたいだった。

なんでもそつなくこなせた。着々と実力を認められ、こうしてグループを組む話ももらえるくらい、高いところまで来た。

でも、努力しなかったわけじゃない。

ひとつだけはっきり言えるのは、俺に対してなんでもできる、才能があると言ってくるやつよりも……努力をしたってことだ。

振り返れば……俺は俺が思っている以上に頑張って生きてきた。

……それなのに、その結果がこれなんて……。

俺はこんなことのために、頑張ってきたわけじゃない。

悔しい……。

俺はあいつの……空音の人生の、脇役じゃない……っ。

『まちがっていたのかな、でも、まだ上を向いていたい』

『ここはゴールじゃなくて、ハッピーエンドの途中だから』

ハッとして、静かに涙があふれた。

途中……。

三人でグループを組めって言われた時、どうしてかここまでだって思った。

ここがおまえの限界なんだって、言われた気がしたんだ。

でも……そうじゃないのかな。

頑張れば、まだ……別の未来もあるのか……？

──ブー、ブー。

曲が止まって、着信の画面に切り替わった。

父さんから……。

ずっと無視していたけど、これ以上心配をかけたくなくておそるおそる電話に出る。

『あ……！　陸斗、今どこにいるんだ？』

俺が電話に出たからか、ほっとした様子の父さんの声が聞こえた。

『……電話出れなくて、ごめん。今、帰ってたとこ』

『そうか……よかった』

『心配かけてごめんね』

『いいんだ、父さんが過保護すぎたな！　ははっ！』

いつも通りの明るい声に、ますます涙があふれ出した。

できるだけ声を震わせないように、俺もいつも通りを装う。

『父さん……俺、グループ組むことになったんだ』

『グループ？　すごいじゃないか……！　もしかして、デビューも近いんじゃないか？』

うれしそう……はは、なんか、ちょっとどうでもよくなってきたかも。

空音と一緒とか、そういうの。

『……うん、そうかも』

今はまだ、きっかけをもらえただけだ。

使えるものは全部使って、のし上がってやろう。

どうせ空音なんか、デビューしても続かないだろうし……引き立て役だろうがなんだろう
が、無視できないほどステージで輝いてやる。

『お祝いしないとな……！』

『ありがとう。もうすぐ帰るから』

『ああ、待ってるぞ！』

電話を切って、涙を拭う。

……帰るか。

スマホを開いて、ステラさんのページに飛ぶ。

曲はまだこの一曲だけ……再生回数も二桁のままだ。

こんなにいい曲なのに……。

きっと、すぐに大衆に見つかるだろう。

今日は気分が最悪だったけど……この人の曲を見つけられたことは、奇跡だったかもしれない。

ステラさんの曲をもう一度流して、リピート設定にした。

さっきまで鉛のように重かった足が、今は走り出してしまいたいくらい軽い。

なんか……心が晴れた。

太陽の光がさしこんだみたいな、そんな感じ。

さっきまで絶望して真っ暗だった目の前が、今は明るく照らされているように思えた。

その日から、俺は練習生の誰よりも努力した。

空音なんかに、俺の人生を決められてたまるか。

事務所もプロデューサーも、関係ない。

俺の人生は俺が決めるし……自分の努力で塗り替えてやる。

やる気が湧かない時も、ステラさんの曲を聴いて自分を奮い立たせた。

俺の生活には常に、ステラさんの曲があった。

こんなふうに誰かに心を突き動かされるのは初めてで、誰かに興味を持ったのも初めてだった。

次第にステラさんの曲は俺の日常の一部になって、聴かなきゃ息もできないくらい、必要不可欠な存在になったんだ。

『陸斗くん、最近すごく頑張ってるね……！　先生たちも褒めてたよ』

『ありがとうございます』

『もうデビューも目前だね』

あの時俺が腐らずにいられたのは、紛れもなくステラさんのおかげ。

俺もこんなアーティストになりたい。

ステラさんみたいに、誰かの太陽になれるような……最高のアイドルに。


『陸斗くん……少し話があるんだけど、いいかな？』

グループを組んで三か月が経った頃、俺は世河に呼び出された。

こいつのことはいまだに嫌いだけど、さすがにプロデューサーを無視するほど俺も問題児ではない。

『実は……そろそろEARTHのデビュー日が決まりそうなんだ。楽曲ももう完成してる』

ずっと目標にしてきたデビューという現実が、ついに目の前に現れた。

ただ、世河の切り出しづらそうな表情を見て、俺にとっていい話だけではないんだろうなとわかった。

『デビュー曲の、センターについてなんだけど……』

『……』

『空音くんを、センターにしたいと考えているんだ……』

……やっぱり。

わかってた……でも、いざ言われたら、ショックがでかい。

グループを組んでから三か月、必死に頑張ってきたけど、努力を認めてもらうには時間が足りなかった。

いや……落ちこんでる場合じゃないな。

『も、もちろん、パート割は三人平等にと思っているし、陸斗くんのキラーパートもたくさんある。思うことはあるだろうけど、納得できない部分は話し合いを重ねていければと……』

『……いいですよ』

あの日決めただろ。

今はまだ途中だ。

いつかぜったいに……空音からセンターの座を奪い取ってみせる。

『え……本当に？』

だけど……俺だって黙って従うわけじゃない。

『ひとつ条件があります』

『え？　条件……？』

『シンガーソングライターの、ステラさんって知ってますか？』

もしデビューが決まったら、ぜったいにお願いしようって決めてた。

俺にとって、最高のアイドルになるっていうのは目標で、俺の夢は……ステラさんに楽曲を書いてもらうことだから。

『ステラ？　待って、すぐに調べるね』

その時のステラさんは、二曲目がヒットして、ティーン世代を中心に知名度を広げている途中だった。

『もしかして、この人……？　駆け出しの人みたいだね』

『その人に、次の曲の依頼をしてもらいたいんです。ステラさんに曲を作ってもらえるなら、

EARTHの二番手としてデビューします』

『もちろんだよ……！　すぐに依頼しよう！』

これでいい……。

ステラさんの曲が歌えるなら……俺は理不尽なことも全部、受け入れられる。

いつかソロ曲も書いてもらえたり……いやいや、まだ何も決まってない段階で、欲張りすぎるな。

デビューよりも……ステラさんに作詞作曲してもらえることのほうが楽しみだ。

そう、思っていたのに……。


デビューして三か月。いまだにステラさんに引き受けてもらえたという報告は入ってきていない。世河に定期的に確認しているけど、今依頼中としか返ってこない。

いい加減痺れを切らして、俺は世河を問い詰めた。

『ぜったいに楽曲は提供しないと、きっぱりと断られてしまって……』

は……？

ぜったいにって……なんで、そんな……。

俺の、夢が……。

『なんだよ、それ……ありえない……』

『そ、そうですよね、EARTHの依頼を断るなんて、何を考えているのか……』

は……？　こいつ、何言ってるんだ……。

『ステラさんじゃなくて、おまえがありえないって言ってるんだよ！　次にステラさんを侮辱したらクビにするからな！　くそ……！』

多分……世河が何か余計なことを言ったに違いない。

ステラさんは理由もなく、依頼を断るような人じゃないと思うし……〝ぜったい〟なんて強い言葉を使う理由があったはずだ。

こうなったら……直接会って、交渉するしかない。

でも、どうやって……？

ステラさんは顔出しもしていないし、情報がなさすぎる……。

SNSで依頼をするとしても、会ってもらえない可能性のほうが高いし……。

どうすればいいか悩んでいる時、俺は見てしまった。

なんだ、これ……。

なんで、PLANETがステラさんに、曲を作ってもらってるんだよ……っ。

しかもそれはアイドル調の曲でありながら、ステラさんの魅力が残った最高の楽曲。どうしてこの曲を歌っているのが自分たちじゃないのかと、悔しくてたまらなかった。

PLANETとステラさんがどうしてつながっているのかもわからないし、今やティーン人気トップのステラさんが、ほぼ無名のPLANETに曲を書いた理由もわからない。

とにかく、ステラさんに曲を書いてもらえたあいつらが羨ましくて羨ましくて、嫉妬でおかしくなりそうだった。

もう、手段は選んでいられない……。

直接会って、俺がどれだけステラさんの曲を求めているのか、わかってもらうんだ。

こんな形は望んでいなかったけど、ひとつだけ……PLANETっていう手がかりができたんだ。

前の仕事が巻いて空き時間ができた。

今しかないと思った俺は、海里に電話をかけた。

『海里、金色の学校ってどこだ』

『惑星学園だけど……おまえ、何するつもり？』

『おまえには関係ない』

『おい、教えてやったのにそれはないだろ。変なこと考えてるんじゃ——』

ブツッという音を立てて、切った電話。

俺は急いで惑星学園に向かって、学校に乗りこんだ。

直接あいつらを問い詰める。もしあいつらが口を割らなかったとしても、あいつらの近くにステラさんがいる可能性が高い。

無名のPLANETとなんのメリットもなく仕事をするとは思えないから……もともと知り合いだったんじゃないかと俺は考えていた。

今は放課後で、部活動の時間だ。金色たちが天文部に入ってるって、海里が前に話してた。

——ガチャ。

中に入ると、もさい格好をした男が五人。

そういえば……金色たちは学校では芸能活動がバレないように変装してるんだとも海里が言ってたような……。

もしかして、こいつら……。

『PLANETか?』

『は……？　この声、陸斗……？』
やっぱり、当たった……。
『おまえ、なんでこんなところに……』
『おまえたちに聞きたいことがあって来た』
多分、電話しても無視されると思ったから、直接乗りこむしかなかったんだ。
『なんだよ急に、この前も電話してきたし……』
『そのことだ。ステラさんはどこにいる？』
俺の質問に、部屋の空気がひりついたのがわかった。
『教えるわけないだろ』
答えたのは土和。一番生意気で、俺が一番嫌いなやつ。
本当に、どこまでも俺をイラつかせるやつだ……。
——ガチャッ。
いらだっていると、扉が開いた音がした。
『……っ、星……』
土和が、あせった表情をしたのがわかった。

ムカつくくらいすかしてるこいつがこんな顔をすることは、滅多にない。

振り返ると、土和と同い年くらいの女子生徒が入ってきた。

……は？

ここに入ってきたってことは、PLANETの知り合い……？

こいつら、変装して学校に通ってるとか言っといて、女に素性を明かしてるのかよ。

いや……金色がいるから、そんなことはしないか……。

『あんた誰？』

『私は……』

……っ。

——俺の全身が、歓喜で震えた。

そのたった一言で、目の前の人が俺が焦がれてやまない人だって、すぐにわかったから。

『ス、ステラさん……？』

『——え？』

おどろいたように、目を見開いた彼女。

『あ、あの、人ちがいだと……』

『俺がステラさんの声を、まちがえるはずないっ……！』

初めてあなたの曲と出会った時から、あなたの声を聞かない日はなかった。

毎日、息づかいさえ覚えるくらい曲を聞いていたんだ。

やっと、やっと会えた……！

俺の……神様っ……。


感動の出会いを果たしたけど、結局PLANETのやつらに阻止されて、学校から追い出された。

その後もなんとかステラさんと話そうと、時間を見つけて学校に来ているけど、話すことはおろか、会うことさえできていない。

多分、PLANETのやつらが俺とは話すなとか、言ってるに違いない。

俺があいつらを嫌っているように、あいつらも俺を嫌っているし……あいつらとしても、ステラさんがEARTHに楽曲提供するのはおもしろくないだろう。

雨……。

いつものように正門の前でステラさんを待っていると、ぽつぽつと雨が降り出した。

瞬く間に雨足が激しくなって、体が冷たくなる。

今の俺は……みっともないな。

しゃがみこんで、雨に打たれて……あの日みたいだ。

空音とグループを組まされることに絶望して、もうやめようかと悩んで……そして……。

「あ、あの……！」

……ステラさんに出会った、あの日。

目の前に差し出された傘。顔を上げるとそこには、会いたくてたまらない人がいた。

いつだって俺に手を差し伸べてくれるのは、あなたなんだ。

俺にとって……。

――あなたは、太陽そのものなんだ……。

陸斗さんの話を聞いて、私は動揺を隠せなかった。

陸斗さんが、応援してくれているのはわかっていたけど……毎日のように曲を聞いてくれていたなんて……。

「俺にとって……ステラさんは、神様みたいな存在なんです」

「好きです」や「憧れてます」というコメントをもらうことはあったけど、神様って呼ばれるのは初めてだ……。

陸斗さんのまっすぐな視線で、それが大袈裟に言ってるわけじゃないことがわかる。

そこまで言ってもらえる人間ではないけど……自分が誰かに勇気を与えられたという事実は、すごくすごくうれしかった。

「ありがとうございます」

クリエイターとして……こんなにも幸せなことはない。

「ステラさんに曲を書いてもらうことが俺の夢で……そのために、頑張ってきました」

訴えかけるように私を見て、声を震わせている陸斗さん。

「あなたがいたから……ここまで頑張れた……っ……アイドルの俺がいるのは、あなたのおかげなんです……」

陸斗さんの言葉をかみ締めながら、笑顔で首を横に振る。

身に余るくらいの光栄だけど……少しだけ違うと思う。

「今の陸斗さんがいるのは、陸斗さんが頑張ったからです」

「えっ……」

「誰のおかげでもなくて、陸斗さんの努力の結晶です」

クラスの女の子たちが、いつも楽しそうにEARTHの話をしてる。

陸斗さんはたくさんの人を笑顔にして、夢や希望を与えてる、国民的アイドル。

きっとここまでくるのに……血の滲むような努力をしたはずだ。

「……やっぱり……ステラさんだ……」

私の言葉に、きゅっと下唇をかんだ陸斗さん。

「あなたみたいなすてきな人が作った曲だから、こんなに心に響いたんだ」

メガネ越しにきれいな瞳に見つめられて、ドキッとしてしまった。

こ、こんなかっこいい人に言われたら、お世辞でもドキドキするのは仕方がないと思うっ……。

「ますます……あきらめられなくなる……」

ぼそっとつぶやいた陸斗さんは、そっと私の手を握ってきた。

突然のことにおどろいて、混乱しながら陸斗さんを見る。

「ぜったいに、誰よりもあなたの曲を完璧に歌ってみせます」

え……？

「あなたの曲が歌いたい……だから……俺たちの曲を、書いてくれませんか……」

まっすぐなその言葉に、心の中でうれしさと申しわけなさがぶつかり合った。

陸斗さんの想いは、すごくうれしかった。

だけど……私はもう決めたんだ。

「ごめんなさい……どうしても今は、楽曲提供はできません」

「……っ」

世河さんに宣言して、PLANETのみんなにも約束した。

なにより、私自身がどっちつかずは嫌だから。

もし、いつか、PLANETに楽曲提供をしたいってアーティストがたくさん現れるようになって、私の役目が終わったら。

その時にまだ陸斗さんが、私の楽曲を望んでくれるなら……。

「その、いつか……」

「いつかじゃ、ダメなんです」

私の言葉を遮って、即答した陸斗さん。

「あなたがもし、PLANET専属として世間に広まってしまったら……もう書いてもらえなくなる……」

「……」

「このままじゃ、完全にあなたがPLANETのものになってしまう気がして……」

うつむいたままつぶやいた陸斗さんが、ゆっくりと顔を上げた。

覚悟を決めたように、口を開いた陸斗さん。

「……わ、かり、ました……」

わかりました……？

「もしステラさんが、WORLD所属のグループだから、曲を書けないっていうなら……俺は

WORLDをやめます。……EARTHからも脱退します」

「えっ……」

衝撃的な発言に、自分の耳を疑った。

EARTHを脱退……？

「じょ、冗談でもそんなこと言ったらダメですよ……！」

「冗談じゃありません。本気です。ステラさんに楽曲を提供してもらえないなら……俺が

EARTHとして活動する理由は、もうありません」

言葉通り、陸斗さんの目は真剣で、冗談を言っているようには見えなかった。

ダメに、決まってるのに……。

陸斗さんがEARTHから脱退したら、どれだけの人が悲しむんだろう……。

どうやったら、あきらめてくれるのか……わからない……。

「……おい!!」

どうしたらいいか悩んでいると、大きな声が聞こえた。

振り返ると、こっちに走ってくる土和くんの姿が。

傘はさしているけど、制服のすそが濡れていた。

「土和くん、どうしてここに……」

「校門の前にいる男と星がふたりで歩いていったって、学校で他の生徒が話してるのが聞こえて……みんなで探し回ってたんだ」

そ、そうだったんだっ……。

探し回ってくれたなんて……みんなに余計な心配をかけてしまった……。

「あ！　いた！」

大きな声が聞こえて視線を向けると、水牙くんの姿が。その後ろには、火虎くんと金色くんと木央くんもいた。

「見つかってよかった……って、やっぱり陸斗かよ！　もう星に付きまとうなって言っただろ！」

「うるさい！」

陸斗さんは、PLANETのみんなをにらみつけた。

「ステラさんはおまえたちのものじゃない！」

あたり一帯に響くくらいの大きな声に、みんなおどろいて目を見開いていた。

陸斗さん……。

なんて、説得すれば……。

「――こんなところにいたのか」

えっ……？

雨の音だけが響いていたあたりに、誰かの声がした。

おどろいて振り返ると……そこには、陸斗さんと同じように変装をした男の人がいた。

視界に映った、公園の入り口には、一台の車ともうひとりの男の人の姿が。

雨の音が大きすぎて、車が来てることに気づかなかった……。

というか、この人たちは誰だろう……？

「君……誰？」

「もしかして、こいつがステラじゃね」

身長が高いからか、少し威圧感のあるふたりに気圧されてしまう。

「あ、あの……」

「……なるほど」

このふたりは、ほんとに誰……？　わかっていないのは私だけなのか、PLANETのみんながおどろいた顔で彼らを見ている。

「海里……空音まで……」

え……？　その名前……たしか、EARTHのメンバーの……。

彼らのうちのひとりが、陸斗さんに歩み寄った。

「何やってるんだ陸斗」

怒っているのか、どこか冷たい言い方に聞こえる。

「……」

「仕事そっちのけでこんなところでふらふらして……」

「練習だろ」

「練習だって仕事だろ。おまえ、プロとしての自覚がないのか」

なんだろう……。怒っているからっていうのはあると思うけど……ふたりの空気を見て、PLANETとは違うものを感じた。

仲間っていうよりは……ビジネスパートナーっていう感じなのかな……。

「……」

「返事もできないのか？」

「おまえには関係ない、帰れ」

「関係ない？　おまえが不真面目なせいで、こんなに迷惑をかけられてる俺が？」

会話を重ねるたびに、海里さんの声色が低くなっていく。

「いいから早く車に乗れ。おまえがいないと練習ができない」

「……」

「おい陸斗」

見かねた金色くんが、一歩ふたりに近づいた。

「海里、そんな一方的に怒るのは……」

「黙れ。部外者は口を出すな」

金色くんをにらむ海里さんに、びくっと体が震えた。

そのくらい、敵意に満ちた怖い顔をしていたから。

これは……海里さんもPLANETが好きじゃないから……？

それとも、金色くんと海里さんの間に、何かあったのかな……？

わからないけど、海里さんが金色くんを嫌っていることだけは、わかる。

金色くんも、あきらめたように伸ばした手を下ろした。

「ステラさんが曲を書いてくれるって言ってくれるまで……俺は帰らない……」

「いい加減にしろよ」

さらにいらだった様子で、頭をかいた海里さん。

「そうだ。ステラさんは俺たちの仲間なんだ。これ以上付きまとうな」

土和くんが庇うように私の前に立ってくれて、私もこれ以上何を言えばいいかわからなくなった。

「俺のほうが……好きなのに……」

「なら、勝負すりゃいいだろ」

ずっと黙っていた後ろの人……空音さんの言葉に、全員がおどろいた顔になった。

勝負……？

「俺たちが勝ったら、ステラは俺たちに曲を書く。おまえたちが勝ったらあきらめる、これでどうだ？」

一瞬陸斗さんの表情が明るくなった気がしたけど、海里さんがため息を吐いた。

「却下だ。おまえな……勝負なんかやって、どうするんだよ。まず、勝負にすらならないだろ」

まるでPLANETを見下すような発言に、すごくもやっとする。

どうしてそんな言い方するんだろう……。

PLANETとEARTHの間には……何か因縁でもあるのかな……。

「てめぇ……」

水牙くんも悔しいのか、威嚇するようににらみつけている。

「第一、事務所が許すわけないだろ。行くぞ」

「……っ、放せ……!!」

「無理」

「ス、ステラさん……！　俺……あきらめませんから……！」

暴れる陸斗さんを抱えて、海里さんは車に戻っていった。

嵐が去ったように、雨足が弱くなっていく。

「あいつら……むかつくな～……！」

さっきから一番腹を立てていた水牙くんが、我慢できないといった様子で地団駄を踏んでいた。

そうだよね……あんな言い方をされたら、誰だって腹が立つはず……。

みんなに、謝らなきゃ……。

「みんな……ごめんなさい……！　陸斗さんと、勝手に話して……」

あれだけ止められていたのに、みんなの心配を無視してしまった……。

「ううん、俺たちに謝る必要はないよ。星は優しいから、罪悪感に耐えられなかったんだよね」

「気にしないで」と言って微笑んでくれる土和くんに、申しわけなくなった。

「納得してもらえるように話そうと思ったんだけど……うまくいかなかった」

陸斗さん、あきらめないって言っていたし……説得できなかったな……。

「多分、これからは海里が見張ってくれるだろうし……大丈夫だと思うよ」

まるで、海里さんを信頼しているような言い方。

さっき、海里さんが金色くんをにらんでいたから、仲が良くないのかと思ったけど……金色くんは海里さんのことを、嫌ってるわけじゃないのかな？

PLANETとEARTHに何があったかわからないけど、これはきっと私が踏みこんじゃいけないことだ。

デリケートな問題だろうし、EARTHのみなさんについて聞くのはやめよう。

「久しぶりに会ったけど、相変わらずむかつくやつらだったぜ……いつかぎゃふんと言わせてやる……」

水牙くんと一緒に、いつも温厚な木央くんと火虎くんも険しい表情をしている。

「EARTH……敵……」

「俺も悔しい……いつか本当に、勝負できたらいいね」

勝負……。PLANETがトップアイドルを目指すなら……いずれはEARTHと衝突することになるよね。

いつか来る未来を想像して、私も気を引き締めた。

この時の私は、知る由もなかったんだ。

まさかその〝いつか〟が、こんなにも早く訪れることになるなんて——。

「うん、できた……！」

日曜日の夜。無事に作曲が終わって、うんっと伸びをする。

作詞も、今週中には終わらせたいな……。

みんなも早く次の曲を歌いたいって言っていたし……できるだけ早く完成できるように頑張ろう……！

——バタンッ！

気合を入れた時、突然部屋の扉が勢いよく開いた。

「星ちゃ～ん！」

お母さんが飛びこんできて、私にぎゅっと抱きついた。

お母さんが元気なのはいつものことだけど、今日は一段と上機嫌だ。

何かいいことでもあったのかな？

「どうしたのお母さん」

「再来週、お父さんが帰ってくるんですって!!」

え……お父さんが？

音楽家として活動しているお父さんは、常に世界中を飛び回っている。

日本に帰ってくるのは一年に一、二回くらいだから、お父さんに会うことは私とお母さんにとってビッグイベントだ。

「ふふっ、うれしい！　早く会いたいね！」

「お母さん、もう再来週が待ち切れない……！」

うれしそうなお母さんを見て、私もますますうれしくなった。

あれ……お母さん、急にじっと見つめてきて、どうしたんだろう……？

私の頬に、そっと手を重ねたお母さん。

「今こうして家族が幸せでいられるのも、星のおかげね……」

え……？

「お母さん、ひどいお母さんだったのに……こんなにいい子に育ってくれて、ありがとう星」

お母さんは一瞬、申しわけなさそうに顔を歪めた。

そ、そんな顔する必要ないのに……。

「そんなことないよ。お母さんのこと、大好きだから！　私にとって、世界一のお母さん！」

ぎゅっと抱きしめ返すと、お母さんは喜びに震えていた。

「星〜!!」

さっき以上の力で抱きしめられて、息が苦しい。

でも、お母さんの調子がいつも通りに戻ってほっとした。


「最近、陸斗のやつ来なくなったな」

いつもの放課後。天文部で過ごしながら、水牙くんがつぶやいた。

陸斗さんと最後に会った雨の日から一週間が経ったけど、あれから陸斗さんは一度も学校に現れていない。

あきらめてくれたならよかった……と、私も安心していた。

「海里の監視が厳しくなったからだと思うよ」

「やっと平穏な生活が戻ってきたね……はは」

「……もう、やめてほしい……」

金色くんも火虎くんも木央くんも、みんなほっとしている。

土和くんも、ふう……と小さく息を吐いていた。

陸斗さん、元気に過ごしてるかな……。

一緒に仕事をすることはできなかったけど……応援してくれている陸斗さんのことを、私も応援させてほしい。

もちろん、PLANETのプロデューサーとして、一番にPLANETを応援してる！

「そうだ……！　星ちゃん、もらったメロディの音源聴いて、少しだけど振りを考えてみたんだ」

「え、もう……！」

火虎くんの報告に、私はぱっと顔を上げた。

「うん！　聴いてたら自然と体が動いちゃって……！」

「ダンスビート」

「わかる！　テンポがめちゃくちゃいいし、リズムも取りやすいから踊りたくなるんだよな……！」

「ダンスビートは挑戦したことないって言ってたのに、びっくりしたよ……！」

次々と褒めてくれるみんなに、照れくさくなった。

恥ずかしいけど、うれしいな……。

「歌詞も早く完成させるね……！」

完成したものをみんなに渡せるように、早く進めよう……！


家に帰ってきて、すぐに新曲の制作を進めた。

私は作曲よりも作詞に時間がかかるタイプで、今回は特に苦戦していた。

せっかくダンスビートの曲にしたから……歌詞も思わず口ずさんじゃうような中毒性があるものにしたい。

欲張りになればなるほど、いいアイデアが思いつかなくて悩んでしまう。

うーん……ちょっと休憩しよう。何も浮かばない時は、一旦脳を休ませる……！

そう思って、HPに届いている問い合わせメールの確認をした。

すべて返事をし終わって、今度はSNSを確認する。

ファンの人からのコメントを見てパワーをもらっていると、一件のDMが届いているのに気づいて、カーソルを止めた。

『K』というアカウント名の人から、届いていたメッセージ。

【カイリです】
【どうしてもお話ししたいことがあるので、ここに電話ください】

え……？

EARTHの海里さんから……？

そのメッセージの最後には、電話番号が記入されていた。

どうして、海里さんが私に……。

い、いや……悪戯かもしれない……これで電話したら、EARTHに釣られたって言われて、炎上するかもっ……。

安易に電話をするのはやめたほうがいい気がする……。

そう思った時、メッセージにまだ続きがあることに気づいた。

スクロールすると、一枚の写真が映し出された。

これは……世河さんの写真……？

どうして世河さんなのかは謎だけど……きっと、本人だっていう証拠に違いない。

名前が海里さんで、写真に写っているのはプロデューサーの世河さん。

これは本人だっていう、精一杯の証明な気がした。

どうしても話したいことってなんだろう……。

もしかして、陸斗さんに何かあったとか……？

電話をかけていいのかはわからないけど……ここまで対策をして接触を図ってきたってことは……緊急事態なのかもしれない。

心配になった私の頭の中に、電話をかけないという選択肢はなかった。

念のため、非通知で電話をかけよう……。

スマホを操作して、表示されている番号を入力する。

――プルルル、プルルル……プツッ。

すぐに電話がつながって、緊張が走った。

「も、もしもし」

『この声……ステラさんですよね？　どうして非通知なんですか？』

……本当に、海里さんの声だ……。

「すみません、万が一本人じゃなかったら困ると思って……」

『まあ、プライバシーの管理ができてることはいいと思います。電話ありがとうございます』

あれ……。

穏やかなのに、声が冷たい……。

まるで、必死に敵意を隠そうとしているけど、あふれ出してるみたい……。

『メッセージでも伝えましたけど、どうしても話したいことがあって……今から会えませんか？』

……き、来てしまった……。

海里さんに指定された、WORLDの事務所近くの貸会議室が入ったビル。

会うのは避けたいって言ったけど……。

『あ、あの、直接じゃなくて、電話でお話しできませんか？』

『できれば直接お話ししたいんです。俺の誠意も伝えたくて。ということで、住所を送るのでそこまで来てください。よろしくお願いします』

『え？　あ、あのっ……』

――プー、プー、プー。

……という感じで、もう一度電話をかけてもつながらず、来るしか選択肢がなかった。

スタッフに変装してきてって言われたから、帽子と伊達メガネをかけて、それっぽい服装をしてきたけど……。

これでよかったのかな……。

着いたら電話してと書かれていたから、おそるおそる通話ボタンを押した。

出ない……あれ？

電話はつながらなかったけど、中から長身の男の人が現れた。

「お待たせしました」

海里さんだ……。

「お、遅くなりました……」

「いえ、来てくれてありがとうございます。これをつけてください」

海里さんに渡されたのは、スタッフと書かれた名札だった。

「行きましょう」

言われるがままそれを首にかけて、海里さんについていく。

これで、どこからどう見てもスタッフさんにしか見えないはずっ……。

やっぱり大人気アイドルだし、マスコミを警戒しているのかな……？

ここまで徹底するなんて……すごいな……。

先を歩く広い背中。なんだか、海里さんの苦労が見えた気がした。

案内されたのは、防音がしっかりした会議室だった。

「打ち合わせの時に使ってる部屋です」

「そうなんですね……」

窓もなくて、完全に閉鎖されたような空間……。

「あの、話っていうのは……」

海里さんとふたりきりは少し気まずい……。沈黙が流れないように、早速本題に触れた。

「はい……陸斗のことです」

なんとなく、そうかなとは思ってた……。

陸斗さんが、どうしたんだろう……？

「実は……あれから陸斗が使い物にならなくなったんです」

「え……？」

使い物にならなくなった……？

「それって、どういう意味ですか……？」

「そのままの意味です。仕事中もぼうっとしてて、練習にも身が入ってないんです……」

そんな……。

「最近、学校にも来なくなったので、てっきり楽曲のことはあきらめて、EARTHのお仕事に集中されてるのかと……」

「今は事務所のマネージャーに常に監視されてるから、身動きが取れない状態なんですよ。ただ、心ここにあらずって感じで、抜け殻みたいになってるというか……」

海里さんは相当切羽詰まっているのか、苦しそうに眉をひそめた。

「お願いします……俺たちに、曲を作ってくれませんか」

やっぱり、その話……。

覚悟はしていたけど、毎回断わるのは心苦しい。

「すみません……」

何度頼まれても、私の心は変わらない……。

「私はPLANETのプロデューサーで、世河さんにも、WORLDとは仕事はしないってはっきりお伝えしたんです。申しわけないんですけど、EARTHのみなさんに曲を作ることは、できません……」

「……世河さんからも聞きました。ただ、陸斗を復活させるためには、あなたに曲を作ってもらうしかないんです。デビューする時の約束だったらしくて……聞きましたか?」

「それは……はい。ですが……私も、PLANETのみんなに言ったんです。WORLD所属のグループと仕事はしないって」

陸斗さんと世河さんの間に約束があったのかもしれない。

だけど、私とPLANETのみんなの間にもある。

生半可な気持ちで、プロデューサーになることを決めたわけじゃないから。

今日海里さんと会ったことも、あとでみんなにちゃんと謝らなきゃ……。

ただでさえ心配をかけてばかりだから、せめてこの約束だけは守りきりたい。

「陸斗は……」

海里さんは、困ったように頭を押さえた。

「EARTHでも一番人気があるんです。今一番話題のアイドルって言っても過言じゃない。つまり、陸斗にはたくさんのファンがいるんです」

「……」

「陸斗がこのままダメになったら……大勢の人が悲しむ……」

それは……。

「俺はファンの人が悲しむ姿は、見たくありません……」

苦しそうな声に、胸が痛んだ。

その気持ちがわかるからこそ、申しわけなかった。

海里さんや陸斗さんほどではないけど、私にも応援してくれる人たちがいる。

その人たちを悲しませるようなことはしたくないし、期待に応え続けたいと思っているから……。

海里さんの気持ちが伝わってきて苦しくなった。

「……すみません」

でも……それとこれとは別なんだ。

「陸斗さんのことは応援しています。みなさんには……私の曲がなくても、大丈夫だと信じてます」

私は何を言われても、PLANET以外に楽曲提供はしない。

しーん……と、室内が静寂に包まれた。

それを破ったのは……。

「あー……だるい」

海里さんの、低い声。

「え？」

さっきまでとは別人みたいな声と口調に、体がこわばる。

今、だるいって、言った……？

海里さんを見ると、冷めた目で私をにらんでいた。

「こっちがこんなに頼んでるのに、どうして首を縦に振ってくれないの？」

……この人、誰……？

あっ……そうだ……。

『黙れ。部外者は口を出すな』

この前の、金色くんに対しての態度と一緒……。

「もう無理、最近全部うまくいかない。なんでこうなったんだろうなー……」

ははっと乾いた笑みを浮かべて、ため息を吐いた海里さん。

「今が一番の稼ぎどきだっつーのに、このままグループ活動休止とかになったら稼げなくなるだろ」

稼ぎどき……？

稼げなくなるって……。

「あの……どっちが、本心ですか？」

「あ？」

「陸斗さんやファンの人が心配なのか、お金の心配をしてるのか……」

いったい、どっち……？

「金に決まってるだろ」

即答した海里さんは、私を見て馬鹿にするように笑った。

「金がないと生きていけないんだ。そんなこともわからないのか？」

海里さん……。

『陸斗がこのままダメになったら……大勢の人が悲しむ……』

『俺はファンの人が悲しむ姿は、見たくありません……』

さっきの言葉は、嘘だったってことかな……？

「おまえ、どうせ金持ちの娘だろ」

え……？

「いい機材もらって、学校行きながら空いた時間で曲作って稼げて、家に帰ったら飯が用意されてて、いい人生送ってるな」

そう言って、海里さんは鋭い目で私を見た。

「俺、おまえみたいな苦労を知らなさそうなやつが一番嫌いだ。見てるだけでイライラする」

……っ。

軽蔑と憎悪が混じったような視線に、体が動かなくなる。

怖い……。

「何不自由なく育ってきて、アーティストとしても成功して、人気アイドルの陸斗にスカウトされて……なのにお高くとまって……」

「……」

「そうだよな……PLANET側のおまえにとったら、EARTHの陸斗が使いもんにならなくなるのは願ったり叶ったりだよな」

「そんなこと……」

「黙れ。偽善者ヅラすんな」

そう言い捨てて、私に背を向けた海里さん。

──バタンッ！

乱暴に扉を閉めて、そのまま部屋から出ていってしまった。

そんなこと、ないのに……。

こんなことで陸斗さんが活動できなくなるなんて……誰も望んでない。PLANETのみんなだって、正々堂々勝負したいって思ってるはずだ。

それなのに……。

きっと今の海里さんには、何を言っても届かない気がした。


ビルを出て、帰り道を歩く。

『俺、おまえみたいな苦労を知らなさそうなやつが一番嫌いだ。見てるだけでイライラする』

海里さんのあの言葉……結構ぐさっときたな……。

『お母さん……星ちゃんを見てると、イライラするのよ……！』

過去の光景が脳裏をよぎって、ぎゅっと目を瞑った。

思い出したく、ないのに……。

あれはもう過去だ……大丈夫。

余計なこと、考えない……。

そう自分に言い聞かせて、パチッと頬を叩いた。

くよくよしてる場合じゃない。

お父さんが帰ってくる前に曲を完成させたいから、頑張らなきゃ……！

今は楽曲制作に集中……！

陸斗さんには申しわけないけど……EARTHのみなさんのことは、一旦考えないようにしよう……。

悲しい過去

いつものように、放課後になって土和くんと天文部に向かう。

どうしよう……歌詞が思い浮かばない……。

あれから数日。毎日考えているのに、一向に歌詞が進まない。

考えようとしたら、自然と海里さんや陸斗さんのことが浮かんで、そのたびにこの前のことを思い出していた。

『俺、おまえみたいな苦労を知らなさそうなやつが一番嫌いだ。見てるだけでイライラする』

あれは……本気の悪意だったな……。

海里さんからしたら、私の存在は気にくわないだろうし……嫌われて当然かな……。

万人から好かれることなんてありえないし、今までだって誹謗中傷もたくさん浴びてきた。

だけど、だからこそ人に嫌われるのは怖い。

私は特に、人の顔色を窺って生きてきたから……臆病者なのかもしれない。

こんな気持ちで作った歌詞なんて、愛してもらえるわけないよね……。

いい曲を作るためにも……少しリフレッシュしたほうがいいかもしれない。

「星、大丈夫？」

「え？」

顔をのぞきこんできた土和くんに、おどろいて肩が跳ねた。

「最近、ぼうっとしてること多いけど……何かあった？　やっぱり、海里に何かひどいこと言われたんじゃ……」

「な、何もないよっ……！」

慌てて笑顔を浮かべて、あははとごまかす。

ちなみに、海里さんに会ったことは、みんなにはきちんと伝えた。

隠し事はよくないと思ったし、PLANETのみんなに話す分には問題ないと思ったから。

また会ったのかって呆れられるかもしれないと思ったけど、みんなは怒るどころか心配してくれて、みんなの優しさを改めて実感した。

「海里さんには、曲のことを頼まれただけで……そ、それに、納得してもらえたから……！」

みんなも忙しいんだから、これ以上心配かけないようにしなきゃ……。

納得というか……呆れられたってほうが正しいかもしれないけど……あはは……。

「心配してくれてありがとう！」

「星は大事な仲間なんだから、心配するのは当然」

土和くん……。

うん……そうだよね。私には、こんなにすてきな仲間がいるんだ。

もうすぐお父さんも帰ってくるんだし……くよくよしてる場合じゃない！

みんなのために……早く曲を書き上げるぞ……！

活を入れ直して、天文部に入った。

「みんな、お疲れ様」

土和くんと私以外全員揃っていて、元気に挨拶を返してくれる。

あれ……みんな今日は作業してないのかな？

いつもそれぞれパソコンを開いたり、歌やダンスの練習をしているけど、今日は座って談笑しているみたいだった。

「おい、カラオケ行くぞ！」

え？　カラオケ？

「カラオケ？」

私の心の声と、土和くんの声が重なった。

「今度みんなでカバーソングを歌おうと思ってるんだけど、実際に歌ってどの曲がいいか決めようって話になったんだ。てことで、今日はカラオケに行って選曲します」

金色くんの言葉に、なるほどと手を叩く。

だから土和くんが来るのを待ってたんだ。

「星も行こうぜ！」

うれしそうに、私の手を握ってくる水牙くん。

「放せ」

「おい！　やめろよ！」

土和くんに手を振り払われて、水牙くんがぷんぷんしていた。

最近ふたりとも、たまににらみ合ってるけど……喧嘩してるわけではないんだよね……？

それにしても、カラオケか……最近行ってないな。

私はもともと歌うのは得意じゃないし、バレたら困るから友だちと行っても歌わない。

今日も、選曲のために行くなら……私はいないほうがいいかもしれない。

「誘ってくれてありがとう。でも私……作詞のほうを進めたくて、今日は遠慮させてもらおうかな」

せっかくだから、五人で行ってきてほしい。

「そうか……？　曲作り、さんきゅな！」

少し残念そうにしながらも、にこっと微笑んでくれた水牙くん。

水牙くんはほんとに、かわいい弟みたいだ。

あっ、そうだ……！

「あの、今日ひとりで部室使ってもいいかな？」

「ん？　おまえも天文部の部員なんだから、許可なんかとらなくていいぞ」

「水牙の言う通りもちろんいいけど……何かあった？」

みんなが、不思議そうに私を見た。

「みんなが生活してるところで曲作りしたら、インスピレーションが湧きそうな気がして

……！」

ここでゆっくり、歌詞を考えてみたい。

みんなを送り出して、私はギターを借りたくて音楽室に向かった。

ダメもとだったけど、先生が音楽室のギターを貸してくれて、部室に戻る。

ペンとノートを取り出して、ギターを持った。

歌詞はスマホに入力するんじゃなくて、直接書きこむ派だ。

今回は、青春をテーマにしたい……。

メロディを奏でながら、そっと目を瞑る。

明るくて、爽やかなイメージの曲だから……テンションが上がって、元気になれるような歌詞がいいよね……。

走り出したくなるような、青春の一ページみたいな曲に……。

――コン、コン、コン。

あれ……？

誰だろう……天文部にお客さん……？　というか……ここは実質PLANETの秘密基地って言っていたけど……だ、大丈夫かな？

他の人を入れていいのか私の一存で決めていいかわからなくて、あたふたしてしまう。

「星ちゃん、いる？」

「あれ、金色くん？」

「うん。ごめん、入ってもいいかな？」

「もちろん……！」

返事をすると、扉が開いて金色くんが入ってきた。

「ごめんね、曲作りするって言ってたから、邪魔したら悪いと思ったんだけど、忘れ物しちゃって……」

「ううん、気をつかってくれてありがとう」

私が集中してると思って、わざわざノックしてくれたんだろうな。

金色くんは頼りになる上に、気もつかえて、本当によくできた人だと思う。

私も見習わなきゃ……。

「あった」

忘れ物を見つけたのか、ほっとしたように笑う金色くん。

「それじゃあ、失礼しました」

笑顔を残して帰ろうとした金色くんが、何かを思い出したようにハッとした顔になった。

「あ、そうだ……あれから陸斗には付きまとわれてない？」

陸斗さん……？

「うん。連絡先も交換していないし、あれから話もしてないよ」

「そっか……」

安心したような、少し不安そうな表情。

「金色くんは陸斗さんとは仲が良かったの？」

陸斗さんのこと、心配なのかな……？

「いや、陸斗とは練習で一緒になるくらいで、話したことはほとんどないよ。向こうは僕たちを嫌ってたしね。ただ……」

一度言葉を飲みこんだあと、金色くんはゆっくりと口を開いた。

「海里とは……幼なじみなんだ」

「え……」

幼なじみ……？

でも、あの態度は……。とても、幼なじみへの態度には見えなかった。

私が考えていることがわかったのか、金色くんは困ったように笑った。

「あはは、そんなふうに見えなかったでしょ？　あいつ、僕に対しては敵意剥き出しだから。これでも……昔は仲がよかったんだけどね」

金色くんの瞳が、すごく悲しそうに見えた。

「僕が……悪いんだ」

これは……私が聞いていい話なのかな？

わからないけど、金色くんの話にそっと耳をかたむける。

「昔、海里の家でよくご飯を食べさせてもらってたんだ。僕は家に帰っても、家族がいないから。海里の家は、いつも賑やかで、みんな仲がよくて、海里は僕にとってもお兄ちゃんみたいな存在で……」

昔を懐かしんでいるのか、寂しそうに微笑んだ金色くん。

柔らかいその表情が、苦しそうに歪んだ。

「それなのに……僕の父さんが新しい事業を立ち上げることになって、長年一緒に仕事をしてた海里のお父さんの工場との契約を切ってしまったんだ。そのまま……海里のお父さんの工場は閉鎖に追いこまれて、閉鎖後も必死にあちこちの工場で働いていたお父さんは過労で倒れて……今も入院してる」

そんなことが……。

だから、海里さんは仇を見るような目で、金色くんをにらんでいたんだ……。

「僕の家族が、海里の家族をめちゃくちゃにしたんだ。それからは、海里とも連絡を取ってない」

「……」

ふたりの悲しい過去を知って、なんて言葉をかけていいのかわからない。

きっと金色くんは慰めなんて求めていないだろうし、何を言っても軽く聞こえてしまう気がした。

「って、急にこんな話してごめんね。困るよね」

「ううん、困らないよ……！」

むしろ……話してくれたことは、すごくうれしい。信頼してもらえてるんだって、思えたから。だからこそ……簡単な言葉で片づけたくなかった。

金色くんはきっと、自分のことを責めてきたんだろうな。

その気持ちを考えるだけで、胸が張り裂けそうなほど痛んだ。

「……これは、慰めでもなんでもなくて……今の話は誰も悪くないって、私は思う」

私がそう思ったことだけは……わかってほしい。

金色くんは、安心したように口元をゆるめた。

「……ありがとう。星ちゃんは優しいね」

……違うよ。

「優しいのは金色くんだよ」

いつだって周りのことを気にかけて、自分のことを後回しにして……。そんな過去を抱えていたのに、人に優しくできる金色くんは、本当にすごい。

だから……。

「自分にも優しくしてあげてね」

一瞬目を見開いた金色くんだったけど、すぐにいつもの笑顔を浮かべた。

「……うん、ありがとう」

ほっとしたように、小さく息を吐いた金色くん。

「星ちゃんって……本当に……」

「え？」

「い、いや……なんでもないっ……」

何を言いかけたんだろう……？

不思議に思って金色くんを見ると、その頬が少し赤くなっているように見えた。

気のせいかな……？

気になるけど、言いたくないことかもしれないし、追及しないでおこう。

金色くんはきっと、海里さんのことを今も大切に思ってるんだろうな……。

誤解が解けたら、いいのに……。

そう、願わずにはいられなかった。

【side海里】八つ当たりと後悔

『俺、おまえみたいな苦労を知らなさそうなやつが一番嫌いだ。見てるだけでイライラする』

数日前。

楽曲提供を断り続けるステラに腹が立って、思わず本性を曝け出してしまった。

『黙れ。偽善者ヅラすんな』

あの日のことを思い出して、ため息を吐く。

あれはさすがに……言いすぎた、か……。

日々のストレスが溜まって、感情的になっていた部分もある。

八つ当たりも、多少はあった。

いや……でもあいつには相当振り回されたんだ。今こんな状態になっているのも、全部ステラのせい。

PLANETが注目を浴びているのも、陸斗が使い物にならなくなったのも、全部……。

あのくらい言ってやらないと気が済まなかったし、後悔はしてない。

それなのに、どうしてか……。

あいつのショックを受けた顔が、頭から離れなかった。

『……っ』

今日は打ち合わせで、以前お世話になった先生と久しぶりに会うことになっていた。

本当は陸斗も連れてくる予定だったけど、表に出る仕事以外では寮から出なくなってしまったから、連れてこれなかった。

事務所でその人を待っていると、扉が開いた。

「日向先生……！」

久しぶりに会う先生は、少しふくよかになった気がする。

日向竜星。日本を代表する音楽家のひとりで、世界中を飛び回ってコンサートに出演している。

音楽に関わる人材の育成にも力を入れていて、俺たちもデビュー前にお世話になった。

性格のよさがそのまま顔に出ている、本当にいい人。

「先生、久しぶりっす」

大人を信用しない空音でさえ、日向先生には懐いていた。

空音が敬語を使う、数少ない大人だ。

「海里くん、空音くん、久しぶりだね。見ない間に大きくなったね……！」

先生の笑顔はうれしそうで、俺たちの成長を喜んでくれているのがわかる。

デビューしてから、周りの大人は俺たちのことを商品としてしか見ていないけど……日向さんは違う。

たった数週間レッスンした俺たちのことでも、親戚の子供みたいに思ってくれてるんだろうな。

こんなに温かい人は、滅多にいない……。

「今日も大忙しなんじゃないのかい？」

「いえ、今日はこのあと二時間空きがあるんです」

「それじゃあ、久しぶりにレッスンもしようか」

「お願いします！」

ボイストレーニングをしてから、一息ついて席に座る。

「ふたりとも、一段とうまくなっているね。これからがますます楽しみだよ」

日向さんに褒められると、うれしい……。

「日向さん、今回はどのくらい日本にいるんですか？」

「一週間ほど滞在する予定だよ。本当は来週の日曜日本に帰国する予定だったんだけど、仕事の予定が入って早くこっちに来たんだ」

一週間か……じゃあ、また当分会えそうにないな……。

「今日と明日、コンサートに出たら、休暇を取って家に帰るつもりなんだ。久しぶりに妻と娘に会えるから、楽しみでね」

「日向さん、娘さんいたんですね」

「そういえば、話したことがなかったね。中学生の娘がいるんだ。すごくかわいいんだよ」

娘さんのこと溺愛してるんだな……。

スマホを取り出して、画面を見せてきた日向さん。

「ほら、妻と娘なんだ。すごくかわいいだろう？」

「……っ」

そこに映っている人物を見て、俺は目を見開いた。

これ……ステラ……。

「……あ」

空音も気づいたのか、額に冷や汗が浮かんでいた。

「ん？　どうしたんだい？」

「いや……」

「と、とても、かわいいですね」

口籠った空音に代わって、返事をする。

嘘だろ……。

こんな偶然、あるのかよ……。

まさか、日向さんの娘が、ステラだったなんて……。

日向さんは、ある意味俺の恩人だ。

その人の娘に……とんでもないことを、言ってしまった……。

「本当にいい子でね……この子には、たくさん苦労をかけてきたのに……まっすぐ育ってくれたんだ」

……え？

「苦労……？」

どういうことだ……？

日向さんは一流の音楽家だし……奥さんも元歌姫だって聞いた。

まさに音楽業界のサラブレッドで、なるべくしてソングライターになったんだろう。

ある意味、俺が言った何不自由なく育ったっていうのは、まちがいなかったんだと思ったけど……。

日向さんはははっと苦笑いしてから、過去の話をしてくれた。

「マスコミにも取り上げられたんだけど……一度ワールドコンサートを開催した時に、トラブルがあって……借金を背負ったんだ」

こんなにすごい人が、借金……？

それだけ規模がでかかったのか……。

「コンサート費用を、全額自己負担することになってね……」

全額、自己負担……？

クラシックのコンサートは、膨大な費用がかかると聞く。

どんなトラブルだったかはわからないけど……とんでもない額の借金になるはずだ。

「連日マスコミが家に押し寄せて、妻が鬱状態になってしまって……音楽を大嫌いになってしまったんだよ。僕はどうすることもできなくて、このまま家族が崩壊していくのかもしれないと思ったんだけど……娘が、妻と僕を元気づけてくれたんだ」

ステラが……？

「お金がなくて辛い思いをさせたのに、あの子はいつも笑ってて……」

そんな……。

『おまえ、どうせ金持ちの娘だろ』

『いい機材もらって、学校行きながら空いた時間で曲作って稼げて、家に帰ったら飯が用意されてて、いい人生送ってるな』

あいつに言った言葉を思い出して、さーっと血の気が引いていく。

「それに、自分で曲を作って、妻に毎日歌ってくれたんだ。そのおかげで、妻も少しずつ、また音楽を好きになってくれた」

「……」

「正直、僕も音楽が嫌いになりかけていたんだけど……音楽のすばらしさを、改めて娘が教えてくれたんだ」

なんで……。

俺が一方的に責めた時……あいつは何も言い返さなかったんだ……。

自分だって苦労してきたって、言えばよかったのに……。

「僕は何も教えてないのに、いつの間にか作詞作曲までできるようになっていてね……ほんとにおどろいたよ」

「……」

「今も音楽活動をしていて、結構人気なんだよ……！　もちろん、僕も妻も手伝ったりはしていないし、自分の力で活動を広げていっているんだ。本当にかわいくて、たくましい娘だよ」

聞けば聞くほど、俺が想像していたあいつの人生と、百八十度違った。

自分が……とんでもないことを言ってしまったんだと、この時初めて気づいた。

「って、娘自慢ばかりしてごめんね。今はもちろん借金も返済し終わっているし、これからも一生音楽を続けるつもりだよ。音楽はすばらしいからね」

すみません……日向さん……。

「おい、おまえ顔真っ青だぞ」

空音が、日向さんには聞こえないくらい小さな声で言ってきた。

最低だ……。

『俺、おまえみたいな苦労を知らなさそうなやつが一番嫌いだ。見てるだけでイライラする』

俺は……。

『何不自由なく育ってきて、アーティストとしても成功して、人気アイドルの陸斗にスカウトされて……なのにお高くとまって……』

『黙れ。偽善者ヅラすんな』

なんてことを、言ってしまったんだ……。

再会

ひとりきりの部室を、夕焼けが赤く染める。借りたギターを、音楽室に返しにいった。

そろそろ帰ろう……。

作詞……結局あんまり進まなかったな……。

このままだと……完成するのがいつになるのかわからない……。

早くみんなに渡したいのに……はぁ……。

靴を履き替えて、学校を出る。

『僕の家族が、海里の家族をめちゃくちゃにしたんだ。それからは、海里とも連絡を取ってない』

金色くん……すごく苦しそうだったな……。

海里さんは、本当に金色くんが嫌いなのかな……。

それとも、誤解し合っているだけって可能性は……。

いや……私が首を突っこむ問題じゃない。

それに、私は……海里さんには嫌われているんだから、余計なお世話に違いない。

『俺、おまえみたいな苦労を知らなさそうなやつが一番嫌いだ。見てるだけでイライラする』

思い出すだけで、ため息がこぼれた。

でも、金色くんが言っていたけど、海里さんはきっとすごく苦労してきたんだろうな……。

だからこそ、能天気に見える私が許せなかったんだと思う。

実際に、陸斗さんのことは私にも責任があると思うし……。

どうすればいいのかな……。

ため息を吐いた時、目の前に車が停まった。

え……誰？

学校からまだそこまで離れていないとはいえ、近道をするために裏道を通っていたから、人通りのない場所にいた。

周りに人もいないから、怖くなって一歩あとずさる。

「……日向」

窓が開いて、海里さんの顔が見えた。

変装しているけど、なんというか……オーラが隠しきれていない。

どうしてここに……。

というか、どうして私の名前を知ってるの……？

「話がある。乗ってくれ」

の、乗る？

「そ、それは……」

「……もう俺とは口もききたくないだろうけど、お願いだから、少しだけ時間をくれ」

「口もききたくない……？　どうしてですか……？」

「……は？　いや……だって、この前……最低なこと言っただろ」

最低なことって、偽善者とかそういうのかな？

たしかに傷ついたけど……。

海里さんにも事情があったってわかったから……。

「……怒ってないのか？」

「お、怒ってはいません」

「……なんでだよ」

海里さんははぁ……と大きくため息を吐いてから、前髪をくしゃくしゃとかいた。

「……頼む。乗ってくれ。おまえとちゃんと話したいんだ」

訴えかけるように見つめられて、良心が痛んだ。

これ以上話すことがあるのかわからないけど、海里さんの話を聞きたいと思った。

金色くんとのことも、何かわかるかもしれない……。

「……わかり、ました」

おそるおそるドアを開けて、私は車に乗った。

到着したのは、人気のない海だった。

「ちょっと席外してくれ」

運転手さんを降ろして、車の中で話をはじめた海里さん。

「この前……悪かった。一方的にあんなこと言って」

頭を下げた海里さんに、少しおどろいてしまう。

私のことを、心底嫌っているように見えたのに……。

まさか海里さんから謝られるなんて思って、なかった……。

今もずっと嫌われているんだろうなとばっかり思ってたけど……。

もしかしたら、何かあったのかな……？

というか……私は別に、謝ってほしいとは思ってない。

「顔を上げてください」

「……」

「あの、気にしていないので、謝らないでください」

「……だから、なんでだよ」

なんで……？

意味がわからなくて海里さんを見ると、苦しそうに顔を歪めていた。

「自分のこと何も知らない人間に、一方的に責められて……普通ムカつくだろ」

私は海里さんに言われてムカついたりはしなかったけど、どうして海里さんが……そんないらだっているんだろう。

まるで、海里さんは自分自身にムカついているみたい。

「えっと……たしかに、ぐさっときましたけど……あれだけ怒りをあらわにするってことは、海里さんに何か苦しい過去があったんだろうなって思って……」

国民的に愛されているアイドルなんだ。きっと……私には想像もつかないくらい、苦労してきたはず。

成功している人は、必ず見えない努力をしている。

私はそう思うから。

「おまえ……」

「それに……謝らないといけないことがあるんですけど……」

「え？」

「実は……海里さんのご家族の話を、少しだけ聞いてしまいました。お父さんの、こと……。

勝手に聞き出すようなことをして、すみません」

勝手に聞いたことを黙っているのはよくないと思って、正直に伝えた。

「おまえこそ、馬鹿正直に謝らなくていい……どうせ金色から聞いたんだろ。あいつ、どんなこと言ってた？」

まるで全部お見通しみたいに、私を見る海里さん。

これは……私が勝手に言ってもいいことなのかな。

わからないけど……。

金色くんのこと、嫌ったままでいてほしくない。

「自分の家族のせいで、海里さんの家族が……って、苦しそうに、言っていました」

海里さんが金色くんをどう思っているのか、どうしても気になる。

私の心の中を見透かしたみたいに、海里さんは顔をしかめた。

「……あいつのせいじゃないってことは、俺もちゃんとわかってる。でも……あの時の俺は、受け入れられなかった」

それは……。

海里さんも、心の底から金色くんを嫌ってるわけじゃないってこと……？

「それと……おまえが謝るなら俺も謝らないといけないけど……おまえの過去を聞いた」

「え？　過去？」

「おまえのお父さんから」

お父さん……？　ど、どういうこと……？

「日向竜星さんだろ、おまえの父親」

「は、はい」

「前にボーカルのレッスンでお世話になって、今でも交流させてもらってる」

そうだったんだっ……。

知らなかった……。

「昔、借金して、おまえの母親が病気になって……おまえが、ふたりを支えたって聞いた」

ドキッとして、言葉に詰まる。

お父さん、そんな話まで……。

というか、支えたなんて言い方は、オーバーすぎる。

「お、大袈裟ですよ。私はただ……ふたりに笑ってほしかっただけというか……」

当時のことは、今でも覚えていた。

借金を返すために、お父さんは奔走していて、家に帰ってこれなかった。

お母さんはいつもリビングのソファで横になってぼうっとしていて、目を離したら消えてしまうんじゃないかって怖かった。

責任を感じていたお父さんは、お母さんを刺激しないように電話もしてこなくなって、このまま家族が壊れていくのを、見ていることしかできないのかなって、ひとりで泣いたこともある。

いろんな人が家に押しかけてくるのも怖くて、でも、助けを求めることもできなかった。

今は全部が片づいて、平穏な日々に感謝しながら生活している。

「……俺、おまえの過去も知らずに、勝手に決めつけて侮辱した。本当に悪かった」

もう一度頭を下げた海里さんに、とまどってしまう。

「俺も……親父に、借金があって……」

あ……。金色くんから聞いた話……。

「今も、弟と妹の学費と生活費を稼ぐためにアイドルやってる」

「……」

「俺が頑張らないと、家族がダメになる……だから、必死に働いたし、どんな仕事でも引き受けた。それなのに陸斗があんな状態になって、未来が不安定になって……言い訳でしかないけど、その不安をおまえにぶつけたんだ。完全に八つ当たり」

片手で額を押さえて、うつむいている海里さん。

わざわざ謝りにきてくれたのかな……？

怖い人だって思っていたけど……。

本当は、誠実な人なのかもしれない。

それに……彼の声や表情から、相当プレッシャーを感じているのが伝わってきた。

「……す、少しだけ、わかります」

私は、海里さんほど責任を背負ったことはないけど……。

「私も、家族がバラバラになりそうで怖くて、私がなんとかしなきゃって、必死になった時期があって……その時は精神的にも辛かったから……それを今もずっとひとりで抱えてる海里さんは、すごいと思います」

想像もつかないくらい、いろんなものを背負っているんだろうな……。

「おまえって……なんでそんなに優しいんだ」

「え？」

「一言くらい、俺を責めろよ」

さっきもそんなことを言っていたけど……か、海里さんは、責められたいのかな？　ど、どうしてだろう？

「いっつも……俺は他人のせいにして……」

え……？

私の知っている海里さんとは違う、弱々しい声。

海里さん……？

「金色に対してだって……あいつだって苦労してきたことも、本当はちゃんとわかってた。でも、あの時の俺は自分のことでいっぱいいっぱいで、金色のことを許せなかったんだ。全部、金色のせいにすることしかできなかった」

それは、海里さんの本心に聞こえた。

海里さんも……心の底から金色くんのことを恨んでいるわけじゃないって、すぐにわかった。

「少しは成長していると思っていたけど、結局今も心のどこかで俺ばっかり辛いって思いこんで、周りに当たり散らかしてる。おまえにもあんなこと言って……その上慰められて、死ぬほどかっこわるい」

うつむいたまま、動かなくなってしまった海里さん。

その背中がすごく悲しそうに見えて、見ているだけで胸が締め付けられた。

思わず手を伸ばして、その背中をそっとなでる。

おどろいたのか、顔を上げた海里さん。

「いっぱいいっぱいになるくらい……本当に辛かったんですね」

「……」

「がむしゃらに頑張ってた証拠だと思います。そんな海里さんは、すごくかっこいいですよ」

尊敬の気持ちをこめて微笑むと、海里さんは眉をひそめた。
怒っているとかじゃなくて、その顔は……涙をこらえているように見えた。

「いっぱいいっぱいになるくらい……本当に辛かったんですね」

……なんなんだ、こいつは。

「がむしゃらに頑張ってた証拠だと思います。そんな海里さんは、すごくかっこいいですよ」

俺はこいつに、自分勝手で、最低なことをした。

それなのに……どうしてこんな優しく微笑むことができるんだろう。

性格が悪い俺にはわからない。

ただ……自分とは正反対だからこそ、こいつの笑顔はまぶしく見えた。

失敗ばっかりの自分の人生を肯定してもらえたような気がして、無性に泣きたくなった。

上辺だけの言葉は嫌いだ。

そんな情けはいらないし、自分のことをわかった気になられるのは一番腹が立つ。

だけどこいつの言葉は濁りがない。

下心も、嫌味っぽくもなくて、まっすぐに心の中に入ってくる。

金色が、こいつのことを信頼している理由がわかった気がする。

「金色くんもですけど……海里さんも、自分のことをあんまり責めないでください」

一回も俺を責める言葉を使わないこいつに、罪悪感は膨らむばかりだった。

「なんでおまえ、そんなにまっすぐなの」

「まっすぐ……？」

お人好しの自覚がないのか、ますますわけがわからない。

まず、こんなふうに純粋な目で見つめられること自体、俺にとっては異常だった。

誰といても、俺を見る目には下心や嫌悪、嫉妬……いろんな汚い感情が混ざってる。

EARTHの名前にも靡かないし、ふたりきりっていう絶好の機会なのに、探ってこようともしない。

逆に心配になってくる。世界はこんなに汚いのに、こんな純粋なやつがいて大丈夫なのか。

「なあ……なんでPLANETだったんだ」

きっと、EARTHとPLANETから同時にオファーがきて、PLANETを選ぶやつは世界でこいつだけだと思う。

どうしてもPLANETを選んだ理由……というよりも、俺たちが選ばれなかった理由が知りたかった。

「それは……感動したからです」

そう口にするステラの目が、きらきらと輝いていた。

「みんなの歌声を聴いていると、胸が躍るんです」

胸が、躍る……。

「なら、おまえの胸を躍らせたら、俺たちにも曲を書いてくれるのか？」

「そ、それとこれとは別というか……」

「……」

こいつの首を縦に振らせる方法がわからない。

他のやつだったら簡単なのに。きっとこいつは金でも動かないだろうし……。

「陸斗ってさ、多分今一番人気あるだろ。おまえの周りにも、ファンとかいないの？」

「あ……クラスの女の子が、よくEARTHさんの話をしてますよ……！」

「じゃあ、陸斗と仕事したら、自慢できるしステータスになるとか思わないのか？」

「え……？　あ、わ、私、クラスの友だちには音楽活動してること秘密にしてて……！　それに、自慢とかステータスとかは……」

俺の質問に、困ったように苦笑いしたステラ。

「すごい人と仕事をしたからって、私がすごくなったわけじゃないですし、それを自慢するのは、仕事相手にも話してる相手にも、どちらにも失礼な気がします」

真っ当なことを言ってるけど、こんなことを本心から言えるやつが、いったい何人いるんだろう。

「それに、大事なのは私がどうしたいかだけです」

……かっこいい。

やっぱり、俺とは正反対な人間だ。

こいつと——金色たちよりも早く、出会いたかった。

「……マジで、PLANET嫌いだわ」

「えっ……」

心の底からの本音がこぼれた。

ステラはびっくりしたように俺を見て、急な悪口におろおろしてる。

感情がそのまま出るステラに、興味を引かれて仕方なかった。

「おまえの名前、教えて」

「え？　あ……日向星です」

「連絡先も」

「連絡先は……」

「今後も連絡取ることあるかもしれないし。陸斗とか……金色のこととか」

金色の名前を出すと、日向……星は納得したようにスマホを出した。

別に金色のことで連絡を取る日は来ないだろうけど、こう言えば断られないと思ったから。

だしに使ったのには罪悪感がある。心の中で、一応金色に謝罪しておく。

でも、このくらい許せ。

「送ってく」

これ以上付き合わせるのは悪いと思って、俺は席を外させていた運転手を呼び戻した。車を出すように伝えると、運転手はアクセルを踏んだ。

「話聞いてくれて、ありがとな」

八つ当たりして、後悔して、謝りたくて無理やり連れてきて……俺の感情で振り回した。

自分勝手すぎると我ながら思うけど、そんな俺に花が咲くみたいに笑う星。

「こちらこそ……話してくれてありがとうございます」

話してくれてありがとうって……。

そんな言い方ができる星を、心の底から尊敬する。

ダメだ……もう、ハマってる。

心が、こいつがほしいって言ってるのがわかった。

……陸斗に偉そうなこと、言えなくなったな……。

PLANETに渡したくない。

PLANETだけじゃなくて……こいつはどうしても、誰にも渡したくない。

なら……挑むしかないか。

覚悟を決めて、俺はあいつらのところに向かった。

次の仕事があるから、多分もう揃ってるだろう。陸斗は最近マネージャーたちの監視下に置かれているし、勝手な行動はできないだろうから。

空音も、なんだかんだ仕事には遅刻したことがない。

楽屋の扉を開けると、案の定ふたりがいた。

スマホゲームをしている空音と、抜け殻みたいに生気のない顔でうつむいている陸斗。

俺はそっと、陸斗に歩み寄った。

「陸斗」

「……」

……無視か。

「せ……じゃなくて、ステラのことだ」

ステラの名前を聞くや否や、勢いよく顔を上げた陸斗。

ステラにだけは反応するとか、都合のいい耳だな……。

「……ステラさんがなに？」

「空音が言ってたように……勝負を挑もう」

「……は？」

何を言ってるんだとでも言いたげな陸斗の顔。

自分でも、一回無理だと言っておいて、虫がいいのはわかってる。

でも……。

「PLANETから、ステラを奪うために」

——あいつを、PLANETに取られたくない。

俺のものにしたい。

「なんで急に……ていうか、奪うって、ステラさんがあいつらのもんみたいだろ……ステラさんを先に見つけたのは俺だし、あの人はPLANETのもんじゃ……」

「どうする」

ベラベラ捲し立てる陸斗に、答えを急かした。

今は、そんな話はどうでもいい。

「やるに決まってる」

最近ずっと死んだ魚みたいだった陸斗の目が、輝きを取り戻す。

まるで目の前に褒美を出された子供みたいに、きらきらしていた。

「でも、なんで急に……」

「俺も、ほしくなったから」

「は？　何言ってんだ？　もしかして……今さらステラさんの曲のよさに気づいたのか？」

不満そうに俺をにらむ陸斗。

「曲っていうか……まあ、全部」

「は？　おい、おまえ……」

あー、一から説明するのは面倒だ。どうせ正直に話したらキレられるだろうし、この話はしなくていい。

「空音、いいか？」

それよりももうひとりにも許可を取らないとと思い、スマホゲームをしている空音を見た。

「あ？」

「俺たちの勝負に付き合ってほしい」

「……勝手にしろよ」

話は聞いていたらしい空音の答えに、少しおどろいた。

あっさりだな……。

ていうか、勝負をするかって言い出したのも空音だったけど……こいつは陸斗のことが嫌いだし、普通放っておくか、なんで参加しなきゃいけねーんだってキレてもいいところなのに……。

空音って、なんだかんだ……。

「おまえ、意外と優しいよな」

俺の言葉におどろいたのか、空音はスマホをテーブルの下に落とした。

「だっ……誰がだよ！　俺はただ、おまえらがうだうだしてんのが気に入らねーだけだ！」

全力で否定する姿に、思わずふっと笑ってしまう。

正直、最初空音とグループを組まされるって聞いた時は、俺も思うところはあったし、こんなやつと一緒にやっていけるのかって思ったけど……。

こいつなりに、俺たちのことを仲間と思ってくれているのかもしれない。

結成してから早一年。毎日必死にアイドルをやってきた。

俺たちがPLANETに負けるわけがない。

正直、今の俺たちとPLANETでは知名度も違いすぎるし、PLANETに勝算はない。

勝ち戦だってわかって挑むのは自分でもダサいと思うけど……手段は選んでいられないん

だ。

卑怯だと言われても、星がほしかった。

何かをほしいと思ったのなんか初めてなんだ。たまには……必死に手を伸ばしてもいいだろ。

完膚なきまでに叩きのめして、正々堂々、星を奪ってみせる。

急展開？

確認が終わって、ヘッドホンを外す。

「で……きた……」

PLANETの、新曲……！

少し時間がかかったけど……メロディーも歌詞も、自分の中で納得するものができた……！

この曲なら……みんなのそれぞれの魅力を、引き出せる気がする……！

すぐにデータを書き出して、スマホに共有する。

明日、早速みんなに聴いてもらおう……！


放課後になって、勢いよく立ち上がる。

「と……じゃなくて、黒月くん！　天文部行こう！」

「あ……う、うん」

私の勢いにおどろいたのか、土和くんはぱちぱちと瞬きをしていた。

ゆっくりと立ち上がった土和くんを見て、違和感に気づく。

今日、土和くんなんだか元気がないような……？

気のせいかな……？

みんなに手を振って、土和くんと教室を出ようとした時、廊下のほうから聞こえた声。

「あ、いた！　星〜！」

この声は……エリ？

私を見つけて駆け寄ってきたエリ。

「ちょっと今いい？　一瞬だけ」

「どうしたの？」

「……俺、先に行ってる」

土和くんは気をつかってくれたのか、「また部室で」と言って先に教室を出ていった。

「ごめん……ヘッドホンから音流れなくて……原因がわからないから見てほしいんだ……」

申しわけなさそうに、ヘッドホンを渡してきたエリ。

「あ、これ……懐かしい。まだ使ってくれてたんだ」

それは、私が去年あげたヘッドホンだった。

エリがイヤホンを何回も失くして困っていたから、私のおさがりでよかったらって言ってプレゼントしたんだ。

おさがりなのに、すごく喜んでくれたのを覚えてる。

「当たり前だろ。めちゃくちゃ大事に使ってんのに、なんでか今朝から聞こえなくなってさ……」

すぐに物を失くすエリが、そんなに大事にしてくれていたなんて……ふふっ、うれしいな……。

「落としたりとかはしてねーし、濡らしたりもしてない」

「そっか、ちょっと確認するね」

部品が外れてるわけじゃなさそう……コードレスだから、コードが切れてるわけでもないし……うーん……あれ？

「これ……充電した？」

電源ボタンを長押しすると、赤く点滅した。

これは、充電がない合図。

「毎日寝る前に充電してる。……って、あれ、そういえば昨日してなかったかも……」

もしかしたら、常に充電を切らしたことがなかったから、知らなかったのかな？

そんなに毎日使ってるなんて……エリって音楽が好きなんだな。

「ごめん、時間取らせて……」

申しわけなさそうに、顔を引きつらせたエリ。

「ふふっ、解決してよかった」

「マジで悪い……」

恥ずかしいのか、耳が少し赤くなっていた。

なんだか、意外な一面を見れた気がする。

「なあ……そういえば、さっきのやつと、仲良くなったのか？」

え？　さっきのやつって……。

「黒月くん？」

「名前は忘れたけど……。天文部、楽しそうじゃん」

「うん、みんないい人だから、部活楽しいよ！」

「ふーん……」

なぜか、つまらなそうに視線をそらしたエリ。

「エリ？」

「……今度の休みは？　空いてる？」

「えーっと……うん、日曜日なら空いてるよ」

土曜日はお父さんがまた海外に行ってしまうから、お母さんと空港まで見送りにいく予定だ。

「じゃあ、俺の家遊びに来て」

「うん！　お菓子持っていくね」

久しぶりにエリと遊ぶ気がする……楽しみっ。

喜んでいる私を見て、エリはふっと笑って頭をなでてきた。

「一番仲良いのは俺だからな。譲らねーぞ」

ん……？　一番？

聞き返そうとしたけど、「じゃあな」と言って颯爽と帰っていったエリ。

なんだったんだろう……変なエリ。

「はぁ……すてき……」

わっ……！

振り返ると、いつの間にいたのかクラスの友だちがうっとりした表情をしていた。

「エリくん……かっこいい……」

「頭ぽんってされて、いいなぁ～……」

あはは……エリは相変わらずモテモテだな。

よし、私も早く天文部に向かおう！

新曲をみんなに聴いてもらうんだ……！


早足で天文部の部室に行って、扉を叩いた。

中に入ると、みんなが揃っていた。

「みんな！　新曲が……って、どうしたの……？」

早速新曲の話をしようと思ったけど、みんなの様子がいつもと違うことに気づいて首をかしげる。

なんだか深刻そうな雰囲気……もしかして、大事な話をしていたのかな……？

「実は……ちょっと、困ったことになったんだ」

「困ったこと？」

金色くんの言葉に、私は出ていったほうがいいかもしれないと一歩あとずさる。

五人だけの大事な話だったかもしれないし……。

「EARTHと……対決することになった」

……え？

その言葉に、私はおどろいて目を見開いた。

【side土和】宣戦布告！

　それは、昨日金色の家に集まっていた時だった。

　全員で動画を撮るために集まって、話し合いをしたり練習したりしていた時、ノックの音が室内に響いた。

「金色様、ご友人がいらっしゃいました」

　ゆっくりと立ち上がって、応答した金色。

「誰？　今日は約束してないし、他に家を教えてる友だちはいないけど……」

　もしかして……星？

　そう思ったけど、星は連絡なしに来るようなことはしないだろう。

「海里様と仰っております」

　……は？

「……海里？」

　お手伝いさんの言葉に、金色はあからさまに動揺していた。

俺や他のやつらも、何事だとあせり出す。

海里って……EARTHの海里だよな……？

なんで金色の家に……。

「……今行くよ」

金色が立ち上がったのを見て、水牙と火虎もあとに続く。

「俺らも行く」

「う、うん、みんなで行こう！」


全員で居間に向かうと、そこには海里だけじゃなくて、EARTHの三人が全員揃っていた。

わざわざ全員で金色の家に来るなんて、なんの用だ……？

金色は海里が来たことにとまどっているのか、冷や汗を浮かべている。

「えっと……久し、ぶり」

「別に久しぶりってほどじゃないだろ。この前会ったんだから」

「そ、そうだね……」

あははと笑っているけど、緊張からか金色の声は少し震えている。

「おい、いったい何の用だ」

金色に代わって、俺は要件を聞いた。

あれだけ金色のことを嫌っていたくせに……いきなり押しかけてくるなんて、どんな心境の変化なんだ……？

理由はわからない。

ただ、海里に何かあったことだけはまちがいない。

「改めて、勝負を申しこみにきた」

はっきりと、そう答えた海里。

「勝負……？」

「ステラさんをかけて」

そう言った陸斗を、俺はにらみつけた。

星をかけてだと……？

『なら、勝負すりゃいいだろ』

『俺たちが勝ったら、ステラは俺たちに曲を書く。おまえたちが勝ったらあきらめる、これでどうだ？』

この前、空音が言っていたことを思い出した。

「海里、おまえが却下したんじゃないのか？　勝負にすらならないって、言ったよな」

俺の言葉に、海里は真顔のまま口を開いた。

「ああ、正直、俺たちが負けるとは思ってない。だから、引き受けるかどうかはおまえたち次第だ。おまえたちにとっては……負け戦だからな」

「てめぇ……」

水牙が、歯を食いしばって海里をにらみつけた。

こいつ……そう言えば、俺たちが断らないってことをわかって言ってる。

どこまでも性格が悪いやつだ。

「一週間後に事務所が主催のフェスに出る予定がある。そこにおまえたちも出演しろ。ライブのあと、どっちのパフォーマンスがよかったか、観客に投票してもらう。俺たちのほうが活歴が長いし、完全に公平ではないけど、当日観客を魅了できたほうが勝ちだ」

海里なりに、俺たちが納得する方法を考えたんだろう。

たしかに、知名度も人気も、今の俺たちがEARTHにかなうはずない。

こんな勝負を受けるのは、バカしかいないと思う。

でも……。

逃げるくらいなら、バカになったほうがマシだ。

「というか、そのイベントって、WORLDが主催ってこと……？　俺たちの参加なんて、許すわけないいんじゃない……？」

火虎の言う通り……あいつらが参加を許すとは思えない。

「問題ねーよ」

空音……？

「俺が頼めば無理って言うやつはいねーからな」

……偉そうな言い方だけど、それは紛れもなく事実だった。

空音は社長の息子で、相当甘やかされて育ったっていうのは有名な話だ。

ただ、気になることがあった。

「どうして空音は乗り気なんだ。おまえもステラさんのファンなのか？」

こいつは、めんどくさいが口癖で、練習も最低限しかしないような不真面目な男だ。

メンバー愛も何もない。むしろ、陸斗とは相当仲が悪いはず。

そんなやつが……仲間のためだけに動くとは思えない。

「こいつらがずっとしんきくせー顔してるのがうっとうしくて、耐えられないだけだ」

ちっと舌打ちしながら顔をそらした空音を見て、少しおどろいた。

もしかしたら……俺の中の空音と、本当の空音にはずれがあるのかもしれない。

「というか、海里こそ……急にどうしたの？　海里はステラさんに、興味なさそうだったのに
……」

金色が、おそるおそる海里に聞いた。

俺も、それが気になる。

「俺はステラじゃなくて、星がほしくなった」

――は？

ステラじゃなくて、星って……ていうか、なんで名前知って……。

「星って……星ちゃんに名前教えてもらったの？」

「ああ」

これ以上は言うまいと、最低限の返事をした海里。

ふたりの間に、何かあったのか……？

「それで……勝負してくれるのか？」

挑発的ではなく、真剣な言い方だった。

「ああ」

勝手に答えてごめんと思いながら返事をすると、他のメンバーもうなずいてくれた。

「当然だろ！　コテンパンにしてやるからな……！」

「負けたくない……」

「……ステラさんは、俺たちの、仲間……」

「僕たちは、逃げたりしないよ」

俺たちの返事に満足したのか海里はふっと微笑んだ。

「それじゃあ、詳しいことはまた連絡する」

「逃げるなよ」

「おい、早く帰るぞ。どこもかしこもギラギラして、俺ん家より趣味悪い家だぜ……」

立ち上がって、家から出ていった三人。

「なあ……あいつ、星がほしいって言ったよな……？」

何もわかっていない様子の水牙が、首をかしげている。

「それって、どういう意味だ……？」

「ステラさんじゃなくてって言ってたもんね……」

火虎もきょとんとしていて、そんなふたりを見ながら木央がため息を吐いている。

「……惚れたって意味、でしょ……」

木央はマイペースに見えるし、一番のほほんとしているように見えるけど、その実意外と鋭い。

「はぁ……!?」

「あ、あの海里が……!?」

木央の言葉に、おどろいている鈍感な水牙と火虎。

「僕もおどろいた……海里って、表には出さないけど、相当女の子が嫌いなんだ……他人を一切信用しないし……」

仲がよかった金色が言うんだから、本当にそうなんだろう。

「そんな海里が、あんな言い方するってことは……星ちゃんのこと、好きなんだと思う」

陸斗といい海里といい……ライバルとして厄介すぎる。

星から、海里と話したということは聞いたけど……陸斗の話をしただけだと思ってた。

星の言い方からして、実際に何かあったとかそういう感じではなかったけど……少し話しただけで、あいつが誰かを好きになるなんて……。

いや……星なら、仕方ないか……。

星の魅力を理解するのに、一緒にいる時間なんて関係ない。

誰だって一瞬で、その魅力の虜になる。

だからって……海里に星は、渡さない。

「おい、ぜったいに勝つぞ……！」

「か、海里って、陸斗よりもやっかいそうだね……」

「……ステラさんは、守る……」

「うん……星ちゃんは、僕たちのプロデューサーだもんね」

当たり前だ。

「この勝負、死んでも負けられない」

相手がEARTHだろうと——絶対に勝ってみせる。

「実は……ちょっと、困ったことになったんだ」

「困ったこと？」

「EARTHと……対決することになった」

金色くんの言葉に、おどろいて目を見開いた。

EARTHと、対決……？

PLANETが……？

「た、対決って、どういうこと……？」

まったく話が見えなくて、頭の上にはいくつものはてなマークが並ぶ。

たしか、前に……。

『なら、勝負すりゃいいだろ』

『俺たちが勝ったら、ステラは俺たちに曲を書く。おまえたちが勝ったらあきらめる、これでどうだ？』

『却下だ。おまえな……勝負なんかやって、どうするんだよ。まず、勝負にすらならないだろ』

海里さんは、そう言ってた……。

「そのままの意味だよ。今度、WORLDが主催するフェスに参加することになったんだ。そこで、当日集まってくれたお客さんに投票をお願いして、どっちのステージがよかったか決めてもらう」

「ど、どうしてそんな話になったの……？」

公園で空音さんが勝負の話を出した時、みんな乗り気じゃなかったよね……？」

「昨日、EARTHから頼んできた。海里直々に」

海里さんが……？

「そ、そうだったんだ……」

どうしてそうなったのかはわからないけど、対決が決まったのは本当みたいだ。

「そこで……負けたら、ステラさんに曲を書いてもらうっていう条件に、勝手に同意しちゃって……星ちゃんがいないところで決めて、ごめん」

「う、ううん、それはいいんだけど……」

本当に勝負するんだ……。

あの、EARTHと……。

「……勝てないと、思う？」

土和くんが、心配そうに聞いてきた。

私は笑顔で、首を横に振る。

「ううん！　勝てると思う！　PLANETなら！」

おどろいただけで……不安なんて少しもない。

だって……私はプロデューサーの前に、PLANETの大ファンなんだから……！

私の答えを聞いて、土和くんはほっとしたように口元をゆるめた。

「ありがとう、星。応援してほしい、俺たちのこと」

「もちろん！　全力で応援するよ……！」

まさかこんなにも早く、EARTHと戦うことになるとは思わなかったけど……私は、みんなを信じてる。

「フェスの出演って、どういう感じなの？」

「それぞれ、二曲ずつ披露するんだって」

「二曲……」

今PLANETの持ち曲は、この前アップロードした一曲だけ。

ちょうどよかった……。

「実は、新曲が完成したの！」

私は今日お披露目しようと思っていた曲のデータを画面に映して、スマホを掲げた。

みんなの表情が、ぱあああっと明るくなる。

「ナイスタイミング、星……！」

「新曲！　きたー！」

水牙くんと火虎くんが、笑顔で手を上げている。

「ステラさんの、新曲……聴きたい……」

木央くんも、目をきらきらさせながらこっちを見ていた。

「それじゃあ、早速流すね！」

私は再生ボタンを押して、出来上がった曲をみんなに聴いてもらった。

「おまえ……て、天才だな……！」

「めっちゃいい曲……！　やばい……!!」

曲が終わって、大興奮の水牙くんと火虎くんに、照れくさくなった。

「……もう一回、聴きたい……」

「星ちゃん、さすがすぎるよ……」

「やっぱり、星はすごい」

こ、こんなに褒められることないから、恐縮してしまうっ……。

でも、うれしいな……頑張ってよかったっ……。

「星ちゃんが作ってくれた、前の曲と……今回の新曲で、勝負しよう！」

「おー！」

「……おー……」

「うん！」

金色くんの言葉に、みんなそれぞれ声をあげた。

「あと二週間もないから……一週間で、曲と振りを覚えよう。それで残りの五日間で、死ぬ気でクオリティ上げてくぞ……！」

「そうだな」

「俺、早く振り付け考えるね……！　三日以内……いや、二日で全部決めるよ！」

やる気満々の火虎くんに、びっくりしてしまう。

「そ、そんなすぐにできるの？」

「任せて！」

にこっと微笑む火虎くんが、いつも以上に頼もしく見えた。

「それじゃあ……みんな、全力で頑張ろう」

力の入った土和くんの激励に、部室内が元気いっぱいの声につつまれた。

こうして、フェスに向けて、猛練習の日々がはじまった。


「み、みんな、できたよ……！」

二日後。放課後になると、遅れて部室に現れた火虎くん。

できたって……振り付けが!?　もう!?

「本当に二日で作っちゃったんだね……！　すごいよ火虎くん……！」

「あはは……あ、ありがとう」

よく見ると、その目の下には隈ができていた。

きっと頑張って急いで考えてくれたんだろうな……。

「それじゃあ、一回見せるね」

火虎くんが考えた振り付け、どんな感じだろう……！

曲が流れ出して、私はじっと火虎くんを見つめた。

わっ……。

イントロから、いきなり難易度が高そうなダンスがはじまった。

私はダンスには詳しくないけど……同年代に、ここまで踊れる人っているんだ……！

そう思うくらい、火虎くんのダンスは完成度が高かった。

まるで、プロのダンサーさんみたいにキレッキレだ。

「かっこいい……！」

曲が終わって、思わず拍手してしまう。

「ほ、ほんとに？」

「うん！　火虎くん、すごい……!!」

見てるだけで、心が躍った……！

ダンスって、こんなに楽しいんだっ……。

「俺なんて、まだまだだけど……あ、ありがとうっ……！」

照れくさそうに、頭をかいた火虎くん。

謙虚なところも火虎くんらしい……きっと火虎くんは、もっともっと上手になっていくんだろうな……。

「く〜……！」

「……」

あれ……？

なぜか歯を食いしばりながら火虎くんを見てる水牙くんと、静かににらんでいる土和くん。

「ふ、ふたりとも、にらまないでっ……」

そんな怖い顔して、どうしたんだろう……？

「ふたりとも、ヤキモチ焼かない。みっともないよ」

「う、うるせー！」

「……」

金色くんに背中を叩かれて、悔しそうにしているふたり。

……ん？

私が不思議そうにしていると、火虎くんがパンと手を叩く。

「そ、それじゃあ早速、みんなに振り入れしてもらうね！」

そっか……もうフェスまで時間がないもんね。

どんなステージになるか……今からすごく楽しみ……！

「よっしゃ！　今のノーミスだったろ！」

ダンスの練習がはじまってから二日も経たないうちに、みんな完璧に振り付けを覚えていた。

「す、すごいね、みんな……！」

私はダンスが苦手だから、みんなの吸収力の早さに驚愕した。

「まあ、練習生時代もずっと踊ってたしな」

「ダンスの振り付けって、組み合わせみたいなものだから、大体の振りも体に染みついているし」

そ、そうなんだ……言ってることはわかるけど、私にはぜったいにできないから、尊敬するっ……。

「問題はここからだよ。当日は生歌だから、ダンスと歌、どっちも完璧にしないと」

金色くんが、みんなを見てにこっと笑った。

そっか……歌いながらこれを踊らなきゃいけないんだ……。

「必死に練習すれば、当日は完璧にこなせるだろう。俺たちなら大丈夫だ」

土和くんの激励に、みんな大きな声で返事をした。


着々と準備が進んで、フェスへのカウントダウンが刻まれていく。

放課後になって土和くんと部室に行くと、いつもとは違う光景が広がっていた。

「みんな、お疲れさま！　って、あれ……？」

みんな……ね、寝てる？

机に顔を伏せたり、並べた椅子に横になってたり、水牙くんに至っては床で横になって、すやすや眠っている。

「だ、大丈夫かな……!?」

「多分、連日の練習で疲れて寝てるだけだよ」

あ……そっか。

今日は掃除当番で、掃除をしてから来たから……みんな私たちを待っている間に、眠っちゃったのかもしれない。

「そうだよね……みんな練習しながら、配信活動も続けてるし……相当疲れてるんだろうな……」

着々と練習が進む中、配信もして多忙な生活を送っているみんな。

本当にお疲れ様だ……。

みんなの顔を見ると、目の下に隈ができている。

「徹夜続きだったし、限界がきたんだろうね」

ふっと微笑みながら、土和くんはみんなに毛布をかけてあげていた。

「少しだけ寝かせてあげよう。三十分経ったら起こすよ」

「うん！」

疲れたまま練習するより、少し休憩したほうが効率もいいよね……！

すやすや眠っているみんなを微笑ましい気持ちで見つめていた時、土和くんがあくびをしたのが見えた。

「土和くんも疲れてるでしょう？」

「いや、俺は大丈夫……」

もう一度、大きなあくびをした土和くん。

ふふっ、強がらなくてもいいのに。

「ソファ空いてるから、土和くんも少し眠ったほうがいいよ！」

「ううん、本当に平気」

「ほら！」

「わっ……」

土和くんの手を引いて、ソファに座ってもらった。

そのまま自分のひざを枕にして、土和くんに横になってもらう。

「……っ、せ、星……」

「三十分経ったら起こすから、土和くんも休んで？　ね？」

「……う、うん……ありがとう……」

土和くんはなぜか私から顔を隠すように、向きを変えた。

「少しだけ眠る……でも、起きたらすぐ練習するから……死ぬ気で練習しないと、EARTHには勝てない……」

きっと、私が思っている以上に、みんなプレッシャーを感じているに違いない。

当然だ。今飛ぶ鳥を落とす勢いで人気のEARTHと直接対決なんて……きっと怖いに違いない。

それでも弱音を吐かずに、毎日必死に練習しているみんなを、心から尊敬する。

「もう十分頑張ってるよ。みんならきっと大丈夫」

私は、PLANETを信じてる。

みんななら……誰にも負けない。

「星、俺は……ぜったいに勝つから……」

「うん！」

「星のことは……」

「ん？」

私のこと……？

「誰にも、渡さないから……」

「え……？」

力尽きたように、そのまま眠ってしまった土和くん。

今、なんて言ったのかな？　聞きとれなかったけど、すやすやと気持ちよさそうな寝顔を見て、ふふっと笑みがこぼれた。

フェスまで、残りあと少し……。

頑張れ、PLANET……！

決戦

そして……ついにやってきた、フェス当日。

EARTHとの……対決の日。

う、うわぁ……すごいお客さんの数っ……。

会場に着いて、人の多さに圧倒されてしまう。

事務所主催のフェスって言っていたけど……ここまで集客できるなんて、さすがWORLDだ……。

私もフェスのことを事前に調べたけど、もう少し規模が小さいんだと思ってた……。

「今年は例年よりお客さんも出演者も多いみたいだね……」

あっ……やっぱりそうなんだ……！

金色くんの話を聞いて、納得した。

「ちっ……EARTHがデビューした影響だろ……」

「周りもEARTHのファンばっかりだね……あはは」

ほんとだ……周りを見ると、EARTHのうちわやグッズを持っている人がたくさん……。

「とりあえず、控室に行こう」

「うん……行こう……」

帽子を深くかぶって、みんなで控室に移動する。

ちなみに、私はマネージャーとして変装している。

帽子とマスクと大きなメガネをかけて、関係者札をぶら下げていた。

なんだか、海里さんと会った時みたいだ……あはは。


フェスのスタッフさんに案内されて、控室に入った。

控室に私たちしかいないことを確認して、マスクを外す。

「おお、なんかこういうの久しぶりだな」

「久しぶり？」

「練習生時代は、MVに出たり、雑用とかしたりで、現場に行くことは結構あったんだよ」

うれしそうな水牙くんに首をかしげると、笑顔で説明してくれた。

「そうなんだ……！」

「金色は子役としてもバリバリ活動してたもんね」

「土和も……モデル活動してた……」

みんなで話していると、扉をノックする音が聞こえた。

スタッフさんかな……？

「入るぞ」

え？

海里さんの声が聞こえて、控え室に緊張が走る。

扉が開いて、控室に海里さんと陸斗さんと空音さん……EARTHの三人が入ってきた。

私を見て、微笑んだ海里さんと陸斗さん。

「……星、久しぶりだな」

「ステラさん……！」

「お、お久しぶりです」

一応ライバルだから、どう接していいのかわからないけど……みなさん元気そうでよかった
……。

海里さんは、私からPLANETのみんなに視線を移した。

「準備はできたか？」

真剣な表情でみんなを見つめる海里さんに、ごくりと息をのむ。

なんだろう、この王者の風格……。

「ステラさん……俺、今日はぜったいに勝ちますから」

陸斗さんも……。

まっすぐな目を見て、またごくっと喉が鳴った。

……ううん、不安なんてない。

海里さんと陸斗さんは、一流のアイドルだと思う。

だけど……私はPLANETから感じたんだ、無限の可能性を。

どれだけ不利な戦いでも……みんなら、勝てるはず。

「私たちも、負けません……！」

思わず口にしていたその言葉。

……って、私たちって、自分のことも入れるなんておこがましいよねっ……。

プロデューサーだけど、戦うのはみんななんだからっ……。

「そ、そうじゃなくて、PLANETは……」

「ふっ、そういうことだ」

土和くん……？

「おまえたちこそ、負ける準備をしておけよ」

私の肩を組んで、挑発するように言った土和くん。

海里さんは一瞬土和くんをにらみつけたあと、再び私を見た。

「星」

長い手がそっと伸びてきて、私の手を握った。

「今日は俺だけ見てろよ」

――ちゅっ。

「えっ……!?」

い、いま……手の甲にキスしたっ……!?

「……っ、星に触るな……！」

海里さんの手を、振り払った土和くん。

「ぜったいに、おまえにEARTHの曲を作りたいって言わせてやる」

海里さんの表情は、自信に満ちあふれていた。

「またあとでな」

笑顔を残して、去っていった海里さん。

「ス、ステラさん、俺のこと見ててくださいね……！」

「叩きのめしてやる」

陸斗さんと空音さんも、あとに続いて出ていった。

EARTHがいなくなって、なぜかみんなが悔しそうに歯を食いしばっていた。

「〜っ、あいつ……」

「なんか……も、もやもやする……」

「……俺、も……」

「なんだろう、この気持ち……」

み、みんな……？

「ぜってーあいつらには負けねーぞ……！」

「当然だ」

海里さんたちが来てさらに気合が入ったのか、みんなの顔つきが変わった。

みんな、頑張れ……！

「俺たちも、そろそろ行こうぜ」

「うん、そうだね。舞台裏から、EARTHのステージも見たいし」

PLANETの出番は、EARTHの次だ。

敵情視察というか、ライバルのステージは見ておきたいよね。

みんなで控室を出て、モニターがある舞台裏に行く。

『ネクストステージは……みんなお待ちかねのスーパーグループ！　EARTH!!』

「「きゃぁあああ！」」

うわっ……！

舞台裏にも響くほどの歓声が聞こえてびっくりした。

やっぱりEARTHの人気、すごい……。

「今日はWORLD主催のフェスに来てくれて、ありがとう！」

「「きゃあー!!　海里～!!」」

「ここにいるみんな……俺たちに恋してね」

「「陸斗かっこいい～!!」」

「行くぞ！　叫べ!!」

「「空音～!!」」

すごい……。

観客も一緒にステージを作ってるみたい……。

フェス用にアレンジしているのか、ＭＶで聴いたのとは違うサウンドだ。

コールアンドレスポンスも多くて、ライブ慣れしているのが目に見えてわかった。

これが……今一番話題のグループ……。

EARTHって、やっぱり、すごい……。

実際にステージを見て、素直に感動した。

「くそ……ムカつくくらいうまくなってるな」

EARTHを見るみんなの目は、悔しそうに見えた。

「……みんなもだよ」

「え？」

「この二週間の練習の成果……ぶつけてきてね！」

成長しているのは、EARTHだけじゃない。

曲が出来上がってから二週間で、みんなはステージ構成を作り上げたんだ。

みんなの頑張りを……見せつけてきてほしい。

「みんな、ありがとう！」

ステージが終わって、海里さんが観客に手を振った。

「このあともフェスを楽しんでね！」

「最後までステージから目を離すなよ～」

ゆっくりと舞台からはけていくEARTHを、残念そうに見ているお客さんたち。

「えー！　もうEARTH終わり～!?」

「もっと歌って～！」

「アンコール！　アンコール！」

え……アンコール……？

「このフェスではアンコールはなしだから、この空気のまま いかないとね」

「うげ」

金色くんの言葉に、水牙くんが顔をしかめた。

「すごいアンコールですね～！　ですが、スケジュールは変更できないので御了承ください！」

司会者の現実的なアナウンスに、ブーイングが起きた。

「続いては、飛び入り参加の新生アイドル！　PLANETです！」

「EARTHしか興味ないのに……」

「他のグループとかいいからもっとEARTH見せてよ～！」

ブーイングが、もっと大きくなっていく……。

「おい、カメラ止めろ」

EARTHを中継していたテレビ局の人たちも、もう興味はないと言わんばかりに撮影を止めた。

みんな、大丈夫かな……。

私だったら、こんなブーイングの中、怖くてステージに上がれない。

……私が弱気になったらダメだ。

「私は一緒にステージには上がれないけど……ここで応援してるね！」

みんなを見て、にこっと笑った。

「ぜったいに成功する！　みんなは、最強のアイドルグループだよ！」

上辺だけの励ましとか、慰めなんかじゃないよ。

私は心の底から思ってるんだ。

みんなには……無限大の、可能性があるって！

「……うん、ありがとう、星！」

土和くんの笑顔に、ドキッとする。

すごくきれいな笑顔……。

「行ってくる！　目、そらすなよ！」

「俺たちの全力、見ててね！」

「ステラさんの曲……完璧に、歌ってみせる……」

「星ちゃん、行ってきます！」

みんなは笑顔を浮かべて、ステージへと走っていった。

「EARTH戻ってきて〜！」

「待って、PLANETって今話題の？」

「すっごいバズってたグループだよね？」

「実はあたし、楽しみにしてたんだよね！」

ブーイングの中に、PLANETを歓迎する声も聞こえて、私は祈るように両手を握り合わせた。

どうか……みんなを求める声だけが、みんなに届きますように……！

最高のステージ

「「「「はじめまして、PLANETです！」」」」

五人で息ぴったりの挨拶をして、ステージに上がったみんな。

曲が流れ出して、イントロで自己紹介がはじまった。

「最年長の金色です！」

「一応年長組の火虎です！」

「ビジュアル担当の水牙だ！」

「……自分で言わないで……木央です……」

「リーダーの土和です。今日は飛び入り参加させてもらいました！　俺たちのステージ、楽しんでくれるとうれしいです」

土和くんはすうっと、大きく息を吸った。

「――」

歌がはじまって、観客からどよめきが起こる。

「え……生歌？　うっま……」

「この曲知ってる……！　この前バズってた曲……！」

「音源も良かったけど……生のほうがやばくない？」

「ダンスもうますぎ……え、ほんとに新人……？」

会場の空気が……変わってきた……！

「おい、全員声あげろー‼」

水牙くんの声が響いて、大きな歓声があがった。

ライブ用に楽曲をアレンジしたのは、EARTHだけじゃない……私たちもだ。

MVのものよりも抑揚をつけて、サビに入る。

会場はEARTHの時のような活気が戻って、大歓声に包まれていた。

「あの水牙って子、クール系かと思ったのに元気いっぱいでかわいいね……！」

「火虎くんだっけ？　ダンスうま……！」

「無気力っぽく見えたけど、木央くんのラップめちゃくちゃノリがいいし、聴いてるだけでめちゃくちゃ楽しい……！」

「金色くん、王子さまみたい……！」

「ていうか、土和くんの歌がうますぎる……！」

初めて、みんなの動画を見た時のことを思い出した。

心が震えるほど、衝撃を受けて……。

きっとその時私が味わった感動と同じものを、観客の人たちも感じてくれているはずだ。

「おい、撮影再開しろ！　中継つなげ！」

EARTHが終わって撮影をやめたテレビ局の人たちが、慌ててカメラをセットしていた。

「あたし……PLANETに投票しようかな……」

「あたしも……こんなステージ、見たことないもん……！」

やっぱり……PLANETは、最高のグループだ……。

ステージに立つみんなは、まぶしいくらいに輝いている。

このステージは、きっとはじまりにすぎない……。

ここから、みんなは飛び立つんだ。

世界に……ううん、みんななら、宇宙にまでだって飛んでいけそう……！

きらきら輝いているみんなを見て、そう思った。

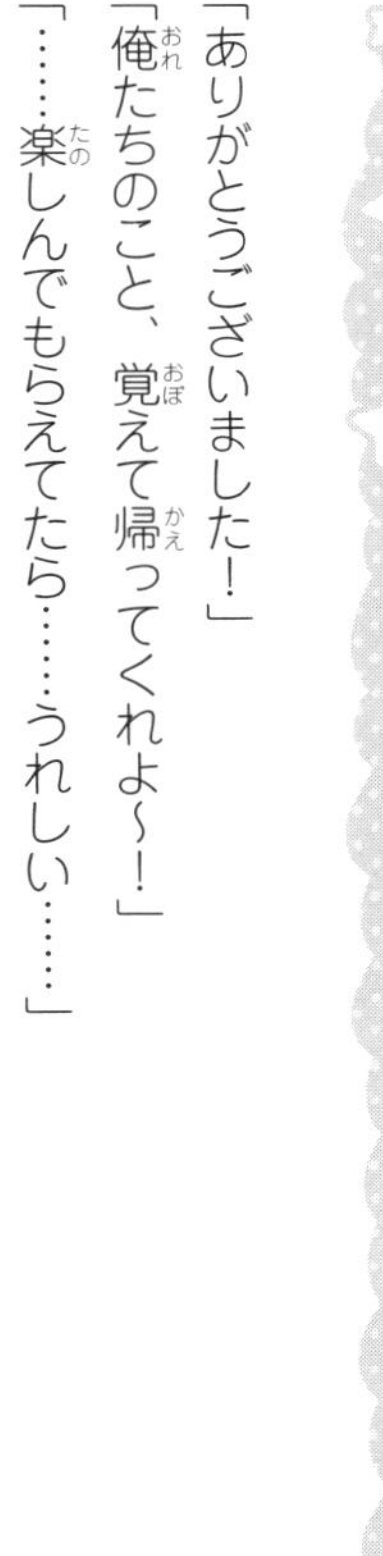

「ありがとうございました!」

「俺たちのこと、覚えて帰ってくれよ〜!」

「……楽しんでもらえてたら……うれしい……」

「さ、最後まで観てくれてありがとうございました!」

「PLANETでした!　ありがとうございました!」

挨拶をして、みんながステージを降りていく。

「えー!　もう一曲聴きたい!」

「アンコール!　アンコール!」

EARTHと同じようにアンコールが起きていることに、感動して涙がこみ上げてくる。

うれしい……。

みんなが認められたんだ……。

「星〜!」

水牙くんが、一番乗りでステージ袖に戻ってきた。

「星ちゃん！」

「……星……」

「お、俺たち、どうだった⁉」

「星……！」

「みんな……最高だったよ……！　お疲れ様……！」

満面の笑顔で、みんなを迎える。

「結構盛り上がってたよな……！」

「うん！　観客の人たちが反応返してくれて、うれしかったなぁ……！」

「……楽しかった……」

「だね……僕も、もっとライブしたいって、改めて思った」

「いつか……俺たちだけで、ライブしたいな」

PLANETの夢が、どんどん現実になっていく。

「やれるだけのことはやった……あとは、結果を待とう」

そうだ……勝負……。

土和くんの言葉に、みんな力強くうなずいた。

控室に戻ると、EARTHのみなさんが揃っていた。

あ、あれ……？

「あの、海里、なんでここに……」

「すぐに集計が出る」

金色くんの質問に、少しずれた返答をした海里さん。

えっと、結果が出るまで……お、同じ部屋で待つのかな？

ちょっと気まずい……あはは……。

全部のアーティストのステージが終わって少し経った頃、控室の扉が叩かれた。

現れたのは世河さんで、その表情はあせっているように見えた。

「結果……出ました」

ごくりと息をのんで、結果を待つ。

みんな結果が気になって、無意識に席から立ち上がっていた。

きっと……大丈夫。

PLANETのステージは最高だった……。

みんななら……勝てる……！

「二〇二六対二〇二六……同票、です」

え……？

まさかの結果に、しーんと静まる控室。

トータル二〇〇〇以上の投票があったのに、引き分けなんて……。

世河さんもおどろきが隠せないのか、顔が青ざめている。

「ど、同票……？」

「そんなこと……あるのか……？」

呆然としながら、火虎くんと水牙くんが顔を見合わせた。

「おい……これって、どうなるんだよ……」

空音さんが、鬱陶しそうに頭をかいている。

たしかに、どうすればいいのか……。

みんなが困惑している中、大きくため息を吐いた海里さん。

「もともとの知名度を考えれば、同票って時点で俺たちの負けだ」

海里さんは、そう言って悔しそうにうつむいた。

え……？

それは……PLANETが勝ちってこと……？

でも……。

「いや、引き分けは引き分けだ」

「うん、土和の言う通りだよ。この勝負は引き分けだね」

土和くんと金色くんの言葉に、少しだけうれしくなった。

私もそう思う。

言葉で勝ちだって言われても、きっとみんなはうれしくないよね。

「……やめろ、みっともなくなるだろ」

ソファに座っている陸斗さんも、うつむいたまま動かなかった。

みっともないなんて少しも思わないけど……EARTHのみなさんにとっては、この結果は相当悔しいものだと思う。

「俺たちにもプライドがあんだよ。勝ち扱いされてもうれしくもなんともねー！」

「……うん……」

「俺も、結果がすべてだと思う！」

水牙くんも木央くんも火虎くんも……。

みんな、考えてることは一緒だよね……。

「ちっ、うっぜ」

えっ……？

舌打ちをして立ち上がった空音さんが、なぜか私のところにどかどかと歩み寄ってくる。

ぐいっと顔を近づけられて、顔がくっつきそうなほど至近距離になった。

「おい、油断すんなよ！　これで終わりじゃねーからな。次は完全勝利してやるから、覚悟しとけよ！」

ふんっと顔を背けて、そのまま控室を出ていった空音さん。

び、びっくりした……。

「……そうだな。次、か」

うつむいていた海里さんが、ゆっくりと顔を上げた。

「……」

陸斗さんも、少しふらふらした足取りでこっちに来て、私の前で立ち止まる。

「俺は……あきらめません」

真剣な眼差しの奥には、静かに炎が燃え上がっているように見えた。

「ステラさんに、ぜったいにEARTHの曲を書きたいって思ってもらえるような、アイドルになります……だから……次は、ぜったいに勝ちますから」

陸斗さん……。

「それまで……待っててください……！　あ、あと……新曲も最高でした……！」

宣言するように大きな声でそう言って、陸斗さんは走って控室を出ていった。

「なんだよあれ……言い逃げか……？」

あはは……。

きっと悔しさでいっぱいだと思うのに、新曲のことを褒めてくれるなんて……陸斗さんは、優しくて思いやりのある人だな……。

そういえば……〝りく〟さんがやけにPLANETのことを聞いてきたけど、もしかしてりくさんって……。

……いや、そんなわけないよね。

「星」

海里さんに呼ばれて振り返ると、ぐいっと顔を近づけられた。

ま、また至近距離っ……。

「次はぜったい、PLANETからおまえを奪うからな」

ふっと不敵に微笑んで、最後に私の頭をなでた海里さんは、そのまま陸斗さんたちを追いかけるように控室から出ようとした。

「……あ、そうだ」

扉を開けようとした海里さんが、ぴたりと動きを止める。

「金色」

「……っ、え？」

突然名前を呼ばれた金色くんは、おどろいた声を出した。

「あの時、一方的におまえを責めて悪かった」

「かい、り……」

海里さんの謝罪に、私もおどろいてしまう。

きっとたくさんの葛藤があったと思う。

それなのに……。

「おまえがどうにかしようとしてくれたこともわかってるし、おまえが何も悪くないことも、家族全員ちゃんとわかってる。八つ当たりしてごめんな」

「……う、ううん、あれは、僕が……」

金色くんは首を横に振って、必死に訴えようとしてる。

「また飯食いに来いよ」

「……っ、う、うん」

笑顔を残して、今度こそ控室を出ていった海里さん。

金色くんは涙をこらえるように下唇をかんでいたけど、その表情はうれしそうにも見えた。

よかった……。

ふたりの間にあったわだかまりが、解けたみたいで……。

「あいつら……好き勝手言いやがって……」

「な、なんだか負けた気がする……」

「……うん……」

水牙くんと火虎くんと木央くんは、不満そうに唸っている。

「ふふっ、EARTHのみなさんなりに、みんなのこと認めてくれたように聞こえたよ！」

あのステージを見たら……誰だって認めざるを得ないと思う。

そのくらい、みんなのステージは最高だったから……！

「ふっ……引き分けは悔しいけど、俺たちの魅力はますます知れ渡るだろうな！」

「テレビ局の人も、カメラ向けてくれてたもんね」

「次は……今度こそぜったい、EARTHに勝つ……」

「勝ち負けも大事だけど、トップアイドルの夢に一歩前進って気がする……！」

「ああ。俺たちはEARTHを超えて、トップアイドルになる」

改めて夢を口にするみんなが、まぶしくて目を細める。

「星……EARTHにも、誰にも奪わせないから、ずっと俺たちと一緒にいてくれ」

えっ……。

土和くんの言葉に、一瞬ドキッとしてしまった。

な、なんだか告白みたいに聞こえて……。

そ、そんなつもりないってわかってるのに、照れてしまったのが恥ずかしいっ……。

気を取り直して、私は満面の笑顔でみんなを見た。

「うん！　みんなの夢をサポートさせてほしい！　プロデューサーとして！」

トップアイドルへの道（みち）は、まだはじまったばかりだから――！

【END（エンド）】

PHPジュニアノベル　あ-1-3

●著／＊あいら＊（あいら）
2010年『極上♥恋愛主義』（スターツ出版）が書籍化され、ケータイ小説史上最年少作家として話題に。著書に、「溺愛120％の恋♡」シリーズ、「総長さま、溺愛中につき。」シリーズ、「ウタイテ！」シリーズ、「魔王子さま、ご執心！」シリーズ、「極上男子は、地味子を奪いたい。」シリーズ（以上、スターツ出版）、共著に『星座男子』（PHP研究所）などがある。

●イラスト／小鳩ぐみ（こばと・ぐみ）
漫画家、イラストレーター。2022年別冊マーガレットにてデビュー。作画を担当したコミック作品に「先輩はクールだけど、私にだけは甘すぎる。」原作＊あいら＊（電子コミックnoicomi）、挿画を担当した書籍に『あこがれ男子とひみつのワケあり同居!』（スターツ出版）、『星座男子』（PHP研究所）などがある。少女漫画、児童向け書籍のイラストを中心に活躍中。

●デザイン
株式会社サンプラント
東郷猛

●組版
株式会社RUHIA

溺愛プラネット！③
ライバルグループに正体がバレちゃった!?

2025年1月10日　第1版第1刷発行

著　者　　＊あいら＊
イラスト　小鳩ぐみ
発行者　　永田貴之
発行所　　株式会社PHP研究所
東京本部　〒135-8137　江東区豊洲5-6-52
児童書出版部　TEL 03-3520-9635（編集）
普及部　TEL 03-3520-9630（販売）
京都本部　〒601-8411　京都市南区西九条北ノ内町11
PHP INTERFACE　https://www.php.co.jp/
印刷所・製本所　TOPPANクロレ株式会社

ISBN978-4-569-88198-0

NDC913　191P　18cm